附雙CD

我愛日本語

日本語大好き III

e日本語教育研究所　編著

白寄まゆみ　監修

楽しいよ！

Nihongo Daisuki

三民書局

國家圖書館出版品預行編目資料

日本語大好き－我愛日本語III／e日本語教育研
究所編著.－－初版一刷.－－臺北市：三民，
2008
　　冊；　　公分
　　含索引
　　ISBN 978–957–14–4972–2　　（精裝）
　　1.日語 2.讀本

803.18　　　　　　　　　　　　　　96013147

© 日本語大好き－我愛日本語III

編 著 者	e日本語教育研究所
	(白寄まゆみ 監修)
責任編輯	李金玲　陳玉英
插畫設計	陳書嫻 (本文)　吳玫青 (會話)
發 行 人	劉振強
發 行 所	三民書局股份有限公司
	地址　臺北市復興北路386號
	電話　(02)25006600
	郵撥帳號　0009998–5
門 市 部	(復北店) 臺北市復興北路386號
	(重南店) 臺北市重慶南路一段61號
出版日期	初版一刷　2008年4月
編　　號	S 806801
定　　價	新臺幣390元

行政院新聞局登記證局版臺業字第○二○○號

有著作權‧不准侵害

ISBN　978–957–14–4972–2　　（精裝）

http://www.sanmin.com.tw　三民網路書店
※本書如有缺頁、破損或裝訂錯誤，請寄回本公司更換。

前　言

　　e 日本語教育研究所是個「以學習者爲本位的知識協創型組織」，自2002 年 4 月 4 日成立以來，主要從事日語教育研究，並舉辦台灣等亞洲各國短期留學生的外語研修課程。

　　我們的主張——「教育絕對不是單向」。不同於一般教材單純只以教師爲出發點，本教材除了日語教育專家之外，並廣邀「有日語學習經驗者」、「目前正在學習日語者」、「有志從事日語教職者」以及「日本大學生」等，共同參與教材開發（意即協力創造，故名協創）。類似此舉將學習一方的「觀點」納入教材製作的做法，相信是以往不曾有的新例。從登場人物的設定，到故事的展開，在在都是以學習者的觀點作爲第一考量。

　　本教材於 2002 年初步完成，之後陸續經過多次修訂，除作爲 e 研內部研修課程使用外，並獲得外界，包含多家日語教育機構、日語教師養成講座等的賞識與使用，得到諸如：「能快樂學習」「終於等到這樣的教材了」等等許多令人欣喜的迴響。

　　此次，這套聆聽「學習者心聲」的創新教材，正式定名爲《日本語大好き(我愛日本語)》，委由三民書局出版。

　　在此謹向參與本教材製作的各方先進、協助出版的三民書局，以及《日本語大好き》的前身《愛ちゃんテキスト》的許多學習者，衷心表達感謝之意。也願我們的社會，能夠成爲本教材所欲傳達的理念，亦即一個充滿 " Love & Peace " 的社會。

全體編著者　謹識

凡　例

●對象

《我愛日本語》全 50 課，共分四冊，完全以初學日語的學習者爲對象所編寫。

●目標

本教材重視均衡習得「聽、說、讀、寫」四項技能，目標爲培養能聽懂對方話語以及傳達自我想法的運用力與溝通能力，並希冀學習者能從中感受到學習的樂趣。

●架構

《我愛日本語》除「課本」外，另有「CD」及「教師用書」。教學時數依學習對象與學習方式有所不同，建議每一課的學習時數以 3 小時爲宜。(全四冊的學習時數共約 150 小時)

●內容

1.「課本」

1) 第 25 課到第 37 課

各課單元如下：

① 単語リスト (單字表)

每課列表整理新出單字。爲方便有心報考日語能力測驗的學習者能有效率地記憶單字，特別以顏色區別 3 級(褐色)與 4 級(藍色)單字。

② イントロ (引文)

以中文引導課文中的故事情節，吸引學習者的興趣。

③ 本文 (課文)

全教材貫穿 "Love & Peace" 的主題，隱含對 22 世紀成爲充滿愛與和平的世界的期盼。藉由教科書前所未見的登場人物設定，跟隨主角的各種

生活場景展開故事情節。故事內容涵蓋對未來生活的想像、未來與現代社會的落差、不同文化之間的交流等，能令學習者興致盎然，在閱讀中內化該課習得的句型。

④ 文型 <ruby>文型<rt>ぶんけい</rt></ruby> (句型)
以 ⬭ 圖框及底線凸顯每課基本句型，將文法結構以視覺方式呈現，下方並有例句或簡短對話提示在實際生活中如何使用。

⑤ <ruby>練習<rt>れんしゅう</rt></ruby> (練習)
練習方式多元化，幫助學習者徹底熟悉基本句型。練習時請按照提示，模仿例句學習。

⑥ <ruby>話<rt>はな</rt></ruby>しましょう (開口說)
透過對話練習可以了解基本句型在實際場景如何使用、如何發揮談話功能。提供練習的對話雖然簡短，經過改換字彙就成了替代練習，大幅增加開口說話的機會。

⑦ e <ruby>研講座<rt>けんこうざ</rt></ruby> (e 研講座)
內容為整理該課出現的文法事項，或是提供相關字，以最有利於吸收的方式增加單字量。取材於學習者感興趣的問題，從而增進對日語文相關知識的理解。

⑧ <ruby>知恵袋<rt>ちえぶくろ</rt></ruby> (智慧袋)
題材涵蓋不只日語學習，同時希望學習者能深入理解日本、日本人、日本文化、日本的生活、日本的習慣等的小專欄，足見編著者的用心。

2) 索引・補充單字
書後索引按照 50 音排列各課新出字彙、重要語句等，並標明首次出現的課次。至於散見於各課但未列在單字表的補充單字，則依頁次順序另做整理，加上重音及中譯，附於索引之後。

2. CD

　　CD錄有各課新出字彙、課文、開口說等單元內容。希望學習者除了留意重音與語調學習發音外，也能夠透過課文等的對話，熟悉自然的日語交談模式，習得聽力與說話的時機。

3. 表記注意事項

1) 漢字原則上依據「常用漢字表<ruby>じょうようかん じ ひょう</ruby>」。「熟字訓<ruby>じゅく じ くん</ruby>」(由兩個以上漢字組成、唸法特殊的複合字)中若出現「常用漢字表<ruby>じょうようかん じ ひょう</ruby>」之「付表(附表)<ruby>ふ ひょう</ruby>」列出的漢字者，亦適用之。

2) 原則上依據「常用漢字表<ruby>じょうようかん じ ひょう</ruby>」和「付表<ruby>ふ ひょう</ruby>」標示漢字與假名讀音，唯考量到學習者的閱讀方便，有時亦不用漢字而僅用假名。

　　例：　ある（有る・在る）　　　きのう（昨日）

致學習者的話

本書是專爲日語初學者編寫的日語教科書。

書中許多設計，除了是要讓學習者學會如何在各種場合用日語溝通之外，更希望讓學習日語變成一件快樂的事。尤其是本書的最大特點 —— 擁有一般初級日語教科書沒有的「小說情節」。以 " Love & Peace " 爲主題的故事，相信能夠吸引學習者在探索兩位主角「愛」與「思比佳」的故事同時，充滿樂趣地一步步靠自己的日語能力解開思比佳的秘密。

從初級教科書中首見的登場人物類型，到小說式的情節、漫畫般的插圖等等，都是希望藉由這些用心，吸引到更多學習者對日語產生興趣，進而繼續深入學習第二冊、第三冊、第四冊。

●本書特色

① 清楚標示日語能力測驗之 3 級與 4 級單字。
② 課程網羅日語能力測驗之 3 級與 4 級文法。
③ 本文創新融入帶點推理情節的故事編排。
④ 單元編排兼顧關連性，著重運用能力的養成。
⑤ 豐富多樣的補充字及圖表，幫助延伸學習。
⑥ 非爲考試學習日語，爲獲得日語能力而學習。
⑦ 可以學到現代日本社會中使用的自然會話。
⑧ 習得的是「實際生活中的日語」，而非「教室中的日語」。
⑨ 創意的學習流程建議

> 以「イントロ」引導學習興趣 → 進行「文型」有系統地學習 → 藉由「練習」深化印象 → 閱讀具有故事性的「本文」感受學習日語的樂趣 → 藉由連結日常場景的「話しましょう」提升溝通能力。
>
> 另外，從「知恵袋」了解日本、日本人及其文化、生活、習慣等，從「ｅ研講座」深入理解日語的相關知識。

●學習方式

① **熟記單字**。學語言的基本就在於背單字。背的時候不要只記單字，不妨連結相關事物的詞彙一起記。例如看到「高い」這個單字時，可以記下如「１０１ビルは高いです。」的句子，即利用週遭事物與事實造個短句背誦，不僅容易記又能立即運用。

② **充分活用「文型」**。「文型 (句型)」正如字面所示，是「文の型 (句子的形態)」，請替換詞語多加練習，例如套用自己常用的詞彙或是感興趣的語句。練習時，不要只想著句型文法是否正確，最好連帶思考該句型是在什麼場合、什麼狀況下使用才適宜。例如在實際生活中，不可能有人拿著一本明眼人都知道是日文的書，口中卻介紹「これは日本語の本です。」(但這卻是課堂上常見的實例)。理由是句子雖然是對的，但是不這麼用。應該是要連同句型使用的時機，在上述例子中爲用於介紹陌生的事物，也一併記住才正確。

文型之後，**請挑戰「練習」**。在「文型」中有系統學習到的語句，可以藉由「練習」連結到日常生活中溝通應用。

③ 「イントロ」的中文說明是針對課文，幫助學習者更容易了解稍後的閱讀內容，以及引起其興趣。**讀完「イントロ」後再看課文**，學習者可以感受到即使是一大篇日語文章，卻能不費力地「看懂」的喜悅。隨著每一課的閱讀，逐步解開「スピカ」到底是何許人的謎團，期待後續的情節進展。

另外，聆聽ＣＤ的課文錄音，除了留意會話的重音、語調學習發音外，也能習慣自然的日語交談模式，學習聽解與說話的時機。強烈建議學習者模仿登場人物的口吻練習說看看。本教材編排著重日本社會中使用的自然會話，不同於以往僅以教室使用的日語作爲內容的教科書，所以能讓教室中的所學與實際社會接觸的日語零距離，馬上就可以運用。學了立即練習是上手的關鍵。課文後的Ｑ＆Ａ，不妨先以口頭回答，之後再書寫答案。

④ 進行「話しましょう」。先分配Ａ與Ｂ等角色，數個人一起練習。第一遍**邊聽ＣＤ邊開口大聲說**，之後再自行練習，如此可以學習自然的發音。應用會話的部分可以自己更改語句，設計對話。不要害怕說錯，想要提高會話能力就要積極開口說，持續不間斷。

⑤「知恵袋」是依據該課出現的內容，就相關的日本、日本人、日本文化、日本的生活、日本的習慣等面向作介紹。了解日本，並用於幫助實際的對話溝通。

⑥「e 研講座」是整理與釐清日語學習者腦海中可能出現的問題，同時也提供有心想多學一點的學習者「更進一步」了解的功能。請務必吸收、消化，清楚概念後再進行下一單元。

　　語言只是一種工具。太機械性光背單字、語句毫無意義。有些人會因為太拘泥文法，學了好幾年仍無法使用日語溝通。其實應該這麼想：因為是外國話，說錯是很自然的。不要害怕錯誤，要積極地說。運用力、溝通能力才是語言學習上最重要的東西。此外，認識日本、日本人及其文化、生活、習慣等，日語能力才能夠充分發揮，請不要遺漏「知恵袋」與「e 研講座」的說明。

目次
もくじ

日本語大好き
スタート →

単語

マイク 1	麥克風	黄色い 0	黄色的
リモコン 0	遙控器	変（な）1	奇怪(的)
クラシック 3, 2	古典	そう 0	那麼，那樣
サンバ 1	森巴(舞曲)		
曲 0, 1	歌曲，樂曲	頼みます 4【頼む 2】	請求，拜託
～曲	(歌曲)～首	直します 4【直す 2】	修理；修改
		やめます 3【やめる 0】	終止；取消
そば 1	蕎麥；蕎麥麵	連絡します 6【連絡する 0】	聯絡，通知
ステーキ 2	牛排	注射します 5【注射する 0】	注射，打針
デザート 2	點心	退院します 6【退院する 0】	(患者)出院
生徒 1	學生(尤指中學生)	予習します 5【予習する 0】	預習
卓球 0	桌球	復習します 6【復習する 0】	複習
色 2	顏色，色彩	修理します 1【修理する 1】	修理
T シャツ 0	T恤	見学します 6【見学する 0】	參觀，見習
所 0	場所，地方		
テレビ局 3	電視台		
スペイン 2	西班牙		
時代 0	時代		
エアコン 0	空調		
ユーフォー(UFO) 1	幽浮，飛碟		
以前 1	以前		
初め 0	開始，開頭		
まず 1	首先		
確かに 1	確實		
なるべく 0, 3	盡量，盡可能		

第 25 課 「チッピーが 故障しました。」

CD A-03,04

小愛帶思比佳一家人(媽媽貝嘉、姊姊芙蕾兒、妹妹可羅娜)去唱卡拉OK，大家都玩得很開心，而且每個人的歌聲都很棒；除了……

「ここが カラオケですね。」

「初めて カラオケに 来ました。

これが マイクで、

これが リモコンですね。」

「さあ、歌いましょう。」

「まず 愛ちゃんから 歌って ください。」

「♪〜♪ ラーラーラー。」

「愛は 歌が とても 上手ですね。」

「どうも ありがとう。」

「静かで いい曲ですね。」

「その歌を 聞いた ことが あります。

以前 フレアが ピアノを 弾きながら、

歌って いました。」

「２２世紀では その曲は 有名な

クラシック音楽の 一つです。」

「これが クラシック？

確かに スピカの 時代では クラシックですね。」

スピカや フレアも いろいろな 曲を 歌いました。

「次は 僕が 歌います。」

「えっー、チッピー やめてー。

愛、チッピーは 歌が 下手です。

聞かない ほうが いいです。」

 「う～あ～」

ボン！！

チッピーが　静かに　なりました。
動きません。

「あ！　チッピーが　故障しました。」

「ママ、チッピーを　直した　ほうが　いいですね。」

「家に　帰ってから、修理します。
　　カラオケは　本当に　楽しい　所です。
　　愛ちゃん、もう　1曲　歌いましょう。」

「じゃあ、『楽しい　サンバ』に　します。
　　子供も　大人も　踊る　ことが　できます。」

「さあ、みんな　踊りましょう。」

　　みんな　楽しく　歌ったり　踊ったり　しました。

Q&A

①だれが　いちばん　初めに　歌いましたか。

_____

②ベガは　よく　カラオケに　来ますか。

_____

③チッピーは　歌が　上手ですか。

_____

④カラオケで　フレアは　歌いましたか。　_____

⑤みんな　踊りましたか。　_____

文型

25-1 わたしは スペインへ <u>行った</u> ことが あります。

わたしは
{
卓球を した
日本の そばを 食べた
新幹線に 乗った
}
ことが あります。

> 動詞た形＋ことがあります

- ▶ わたしは 日本の 映画を 見た ことが あります。
- ▶ わたしは テレビ局を 見学した ことが あります。
- ▶ ＵＦＯを 見た ことが ありますか。
- ▶ わたしは ワン先生と 話した ことが ありません。
- ▶ Ａ：富士山に 登った ことが ありますか。

  Ｂ：いいえ、ありません。登りたいです。

知恵袋 カラオケ??

「カラオケ(卡拉ＯＫ)」中的「カラ」意指「空(空無)」，「オケ」則是外來語「オーケストラ(orchestra，管絃樂隊)」的簡略；合起來便是「オーケストラがない」，意指唱歌時沒有樂隊在旁伴奏。早期電視或收音機為現場直播，歌手唱歌時，節目單位必須花大錢請樂隊伴奏。所以後來改用伴唱帶，沒有現場伴奏的演唱便稱作「カラオケ」。日本在1970年代時期開始出現卡拉ＯＫ伴唱帶，廣受餐飲店、宴會場合採用。1985年，卡拉ＯＫ包廂出現，當時只是改造自大貨櫃的簡陋空間，之後「カラオケ」也被用來指唱歌的場所。到了今天，「カラオケ」這個詞已經成了世界語，不管到哪一國都能通。

た形の作り方

I 類動詞

洗います→　　　洗った

立ちます→　　　立った　　　　　　　　（い・ち・り→った）

走ります→　　　走った

遊びます→　　　遊んだ

飲みます→　　　飲んだ　　　　　　　　（び・み・に→んだ）

死にます→　　　死んだ

話します→　　　話した　　　　　　　　（し→した）

書きます→　　　書いた　　　　　　　　（き→いた）

泳ぎます→　　　泳いだ　　　　　　　　（ぎ→いだ）

＊行きます→　　＊行った

II 類動詞

食べます→　　　食べた

開けます→　　　開けた

見ます→　　　見た

III 類動詞

来ます→　　　来た

します→　　　した

勉強します→　　　勉強した

「た形」的變化方式
和「て形」完全一樣

25-2a 早く　寝た　ほうが　いいです。

先生に
{
話した
頼んだ
相談した
}
ほうが　いいです。

> 動詞た形＋ほうがいいです

- ▶ 佐藤さんに　連絡した　ほうが　いいです。
- ▶ 注射した　ほうが　いいです。
- ▶ コートを　着た　ほうが　いいです。
- ▶ たばこを　やめた　ほうが　いいです。
- ▶ なるべく　毎日　予習した　ほうが　いいです。⋯⋯ ⇔ 復習した

25-2b お風呂に　入らない　ほうが　いいです。

お酒を　　　　　飲まない
ここに　車を　止めない
この部屋で　　騒がない
}
ほうが　いいです。

> 動詞ない形＋ほうがいいです

- ▶ 仕事を　休まない　ほうが　いいです。
- ▶ 熱いです。触らない　ほうが　いいです。
- ▶ このパソコンは　古いです。使わない　ほうが　いいです。
- ▶ 夜　11時です。電話しない　ほうが　いいです。
- ▶ 台風です。出かけない　ほうが　いいです。

25-3a 日曜日に　映画を　見たり　テニスを　したり　します。

歌を　　　　歌った
ごはんを　　作った　｝り　｛ピアノを　弾いた
本を　　　　読んだ　　　掃除を　　　した　｝り　します。
　　　　　　　　　　　　　絵を　　　　かいた

動詞た形＋り　動詞た形＋り　します

▶ パーティーで　食べたり　飲んだり　します。
▶ 公園で　子供たちが　木に　登ったり　走ったり　して　います。
▶ お寺を　見学してから、食事したり　お土産を　買ったり　しました。
▶ 美術館で　作品に　触ったり　写真を　撮ったり　しては　いけません。
▶ 夏休みは　海で　泳いだり　山に　登ったり　したいです。

25-3b 変な　人が　家の　前を　行ったり　来たり　して　います。

▶ 子供たちが　ドアを　開けたり　閉めたり　して　います。
▶ 生徒たちは　教室を　出たり　入ったり　して　いました。
▶ バスの　中で　立ったり　座ったり　しないで　ください。
▶ Ａ：おばあさんは　退院しましたか。
　　Ｂ：はい。でも、家で　寝たり　起きたり　して　います。

25-4 わたしは　てんぷらに　します。

▶ 父は　ステーキに　しました。

▶ オレンジ色の　Ｔシャツに　します。

▶ A：デザートは　何に　しますか。

　　B：アイスクリームに　します。

▶ A：どれに　しますか。

　　B：黄色い　セーターに　します。

Ⅰ 例）わたし は 愛です。

①あした 学校を 休んだ ほう □ いいですか。

②来週 大学の 友達 □ 一緒に 美術館へ 行ったり 買い物 □

したり します。

③わたしは この映画を 見た こと □ あります。

④今日 お酒を 飲まない ほう □ いいですね。

⑤木 □ 登った ことが ありますか。

Ⅱ 例）わたしは アメリカへ （ 行きます→ 行った ） ことが あります。

①パーティーで 山田さんに （ 会います→　　　　　） ことが あります。

②ラジオで 外国の ニュースを （ 聞きます→　　　　　） ことが あります。

③以前 東京で （ 働きます→　　　　　） ことが あります。

④ピアノを （ 習います→　　　　　） ことが あります。

⑤あのデパートで かばんを （ 買います→　　　　　） ことが あります。

Ⅲ 例）早く 帰ります。 → 早く 帰った ほうが いいです。

①警官に 道を 聞きます。

　→

②新しい 自転車を 買います。

　→

③レストランに 予約の 電話を します。

　→

④毎日 ギターの 練習を します。

　→

⑤すぐに 手紙を 書きます。

　→

Ⅳ 例）お風呂に　入ります。→　お風呂に　入らない　ほうが　いいです。

①彼と　会います。→

②車で　行きます。→

③この川で　泳ぎます。→

④夜　遅く　電話を　かけます。→

⑤アイスクリームを　食べます。→

Ⅴ 例）パーティーで　（お茶を　飲みます・ケーキを　食べます）　します。

　　→　パーティーで　お茶を　飲んだり　ケーキを　食べたり　します。

①野菜を　（洗います・切ります）　します。

　→

②毎朝　（公園を　散歩します・新聞を　読みます）　します。

　→

③部屋の　電気を　（つけます・消します）　します。

　→

④ゆうべ　（手紙を　書きます・料理を　作ります）　しました。

　→

⑤映画を　見ながら、（泣きます・笑います）　しました。

　→

話しましょう

CD A-05,06,07

Ⅰ

A：スミスさんは ①山田先生に 会った ことが ありますか。

B：いいえ、ありません。ぜひ 一度 ②会いたいです。

A：そうですか。じゃあ、ぜひ 一緒に・・・。

（1）①馬に 乗ります 　　　　②乗ります

（2）①お花見を します 　　　　②します

（3）①日本の 映画を 見ます 　②見ます

Ⅱ

A：ちょっと ①寒いですね。

B：ええ、②エアコンを 消した ほうが いいですよ。

A：はい、そう します。

（1）①暗い 　　　　②電気を つけます

（2）①風が 強い 　②窓を 閉めます

（3）①汚い 　　　　②部屋を 掃除します

応用会話

A：何の 本ですか。

B：フランス語の 本です。
　　来月 フランスへ 行きます。
　　鈴木さんは フランスへ 行った
　　ことが ありますか。

A：はい、あります。去年の 夏 行きました。
　　買い物を したり 美術館で 絵を 見たり しました。

B：いいですね。わたしも そう します。

単語　

しょうらい 将来 1	將來	おも だ 思い出します 6	想起
ゆめ 夢 2	夢；理想，願望	【思い出す 4.0】	
おしゃべり 2	閒聊，聊天	さ 下がります 4【下がる 2】	(溫度等)下降
せいかつ 生活 0	生活	みが 磨きます 4【磨く 0】	刷(牙)
か じ 家事 1	家事	はかります 4【はかる 2】	測量
ゆうはん 夕飯 0	晚飯	はら 払います 4【払う 2】	付(錢)
たいおん 体温 1	體溫	もど 戻ります 4【戻る 2】	回到，返回
たいそう 体操 0	體操	かんが 考えます 4【考える 4.3】	想，思考，考慮
ようふく 洋服 0	西服，洋裝	き 決めます 3【決める 0】	決定，決心
りょうきん 料金 1	費用	し 知らせます 4【知らせる 0】	通知
ゆうえん ち 遊園地 3	遊樂園	せっけい 設計します 6【設計する 0】	設計
ヨーロッパ 3	歐洲	▼	
よ てい 予定 0	預定，計畫	あと 後 1	後，之後；後面
しょるい 書類 0	文件	ご ～後 0	～後
せつめいしょ 説明書 0	說明書	じ かん ～時間	～時間，～鐘頭
れきし 歴史 0	歷史	しゅうかん ～週間	～星期，～禮拜
しき ～式	～典禮，～儀式	げつ ～か月	～個月
にゅうがくしき 入学式 4	入學典禮		
しゅじん 主人 1	丈夫，先生；主人		
しゅじん ご主人 2	丈夫，先生(敬稱)		
▼			
ガソリン 0	汽油		
ハンドル 0	方向盤		
がいしゃ ～会社	～公司		
じ どうしゃがいしゃ 自動車会社 5	汽車公司		

CD A-09,10

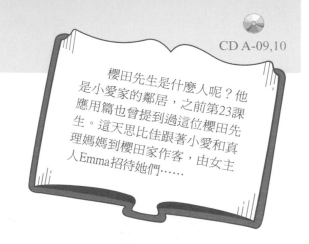

櫻田先生是什麼人呢？他是小愛家的鄰居，之前第23課應用篇也曾提到過這位櫻田先生。這天思比佳跟著小愛和真理媽媽到櫻田家作客，由女主人Emma招待她們……

桜田さんの　家で
エマ、真理、愛、スピカが
おしゃべりを　して　います。

「エマさん、
　日本の　生活は　どうですか。」

「とても　おもしろいです。
　でも、食べ物の　値段が　高くて
　びっくりしました。
　真理さんは　仕事を　して　いますか。」

「わたしは　日本語学校で　日本語を　教えて　います。
　8時半までに　学校へ　行かなければ　なりません。
　毎朝　6時に　起きます。
　そして、朝ごはんを　作ります。
　学校へ　行く　前に、洗濯を　します。
　仕事の　後で、買い物を　します。」

「そうですか。それは　たいへんですね。」

「エマさんの　ご主人は　家事を　しますか。」

「いいえ、何も　しません。
　真理さんの　ご主人は　どうですか。」

「主人は　晩ごはんを　食べた　後で、お皿を　洗います。
　掃除も　します。
　そして、休みの　日には　一緒に　買い物に　行きます。」

◆ 小愛在客廳看到了一幅特殊的圖畫。

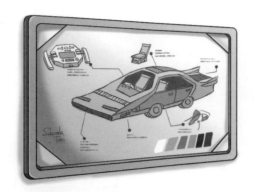

「あの車の　絵は　何ですか。
　おもしろい　車ですね。」

「あの絵は　主人が　かきました。
　主人は　自動車の　会社で
　新しい　車を　設計して
　います。」

「すごいですね！　あれは　未来の　車ですか。」

「そうです。わたしたちの　夢の　車です。
　この車は　ガソリンは　使いません。
　そして、このハンドルは　ロボットです。
　病気の　人も　運転する　ことが　できます。」

「いい　車ですね。」

「サクラダ・・、エマ・・、あっ！」

スピカが　何かを　思い出しました。
そして、愛に　小さい　声で　言いました。

「愛、わたしは　桜田さんを　知って　います。
　歴史の　授業で　習いました。
　桜田さんは　将来　自動車会社の　『サクラダ』を　作ります。
　その会社は　世界で　一番　大きい　自動車会社に　なります。
　この車は　とても　有名に　なります。
　この車の　名前は　『エマの　夢』です。」

Q&A

①真理さんは　仕事を　して　いますか。

_____

②真理さんは　学校へ　行く　前に　何を　しますか。

_____

③真理さんは　授業が　終わった　後で、何を　しますか。

_____

④未来の　車は　どんな　車ですか。

_____

⑤桜田さんは　将来　何の　会社を　作りますか。

_____

⑥桜田さんの　車の　名前は　何ですか。

_____

文型

26-1a 寝る 前に、歯を 磨きます。

家に 帰る
ごはんを 食べる　　前に、
地下鉄に 乗る

買い物を します。
手を 洗います。
ガムを 買いました。

▶ 家を 出る 前に、シャワーを 浴びます。

▶ 電車に 乗る 前に、切符を 買います。

▶ 友達の 家へ 行く 前に、電話を かけます。

▶ 新しい パソコンを 使う 前に、説明書を 読みます。

▶ アメリカへ 留学する 前に、英語を 勉強します。

▶ 泳ぐ 前に、体操を して ください。

26-1b テストの 前に、勉強します。

食事
試験　　の前に、
入学式

手を 洗います。
復習しました。
写真を 撮りました。

▶ 母の 誕生日の 前に、プレゼントを 買いました。

▶ 旅行の 前に、ホテルを 予約しました。

▶ 卒業の 前に、試験が あります。

26-2a 仕事が 終わった 後で、カラオケに 行きます。

勉強した
ハンバーガーを 食べた 　〉　後で、
洋服を 買った

テレビを 見ます。
電話を かけます。
友達に 会いました。

▶ 映画を 見た 後で、DVDを 買いました。

▶ 学校から 帰った 後で、図書館へ 行きました。

▶ 書類を 出した 後で、会社へ 戻ります。

▶ 料金を 払った 後で、遊園地に 入って ください。

26-2b 食事の 後で、テレビを 見ます。

晩ごはん
試験　　〉　の 後で、
仕事

電話を かけます。
答えを 聞きました。
飲みに 行きます。

▶ テニスの 後で、シャワーを 浴びます。

▶ 授業の 後で、先生に 質問しました。

▶ 映画の 後で、コーヒーを 飲みます。

26-2c 2日前(に) 友達に 会いました。
1週間後(に) また 来て ください。

▶ 3か月前に ヨーロッパへ 行きました。

▶ A：いつ 日本へ 来ましたか。
　 B：1年前に 来ました。

▶ 30分後 体温を はかって ください。

▶ 8時に 薬を 飲みました。1時間後 熱が 下がりました。

★期間★

	〜時間	〜日	〜週間	〜か月	〜年
？	何時間	何日	何週間	何か月	何年
1	一時間	一日	一週間	一か月	一年
2	二時間	二日	二週間	二か月	二年
3	三時間	三日	三週間	三か月	三年
4	四時間	四日	四週間	四か月	四年
5	五時間	五日	五週間	五か月	五年
6	六時間	六日	六週間	六か月	六年
7	七時間・七時間	七日	七週間	七か月	七年
8	八時間	八日	八週間	八か月・八か月	八年
9	九時間	九日	九週間	九か月	九年
10	十時間	十日	十週間・十週間	十か月・十か月	十年

1時間30分＝1時間半　　6か月＝半年　　1年6か月＝1年半

26-3 3時までに 来て ください。

$$
\left.\begin{array}{l}
\text{今晩　9時} \\
\text{明日　昼} \\
\text{クリスマス}
\end{array}\right\} \text{までに}
\left\{\begin{array}{l}
\text{電話を　ください。} \\
\text{予定を　知らせて　ください。} \\
\text{プレゼントを　準備します。}
\end{array}\right.
$$

▶ 夕飯までに 帰ります。

▶ 明日 午後 1時までに レポートを 出して ください。

▶ 夏休みが 始まるまでに アルバイトを 決めた ほうが いいです。

▶ 友達が 来るまでに きれいに 部屋を 掃除します。

★「まで」と「までに」★

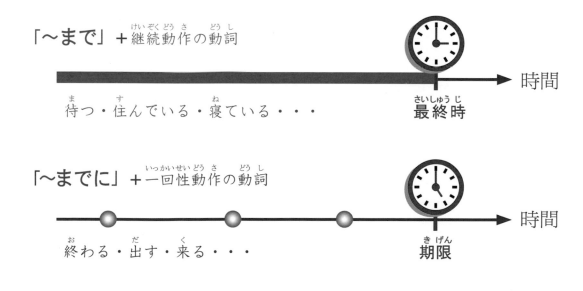

「〜まで」＋継続動作の動詞

待つ・住んでいる・寝ている・・・　最終時　時間

「〜までに」＋一回性動作の動詞

終わる・出す・来る・・・　期限　時間

（〇）3時まで待つ。　（✗）3時までに待つ。

（〇）5時までに終わる。　（✗）5時まで終わる。

練習

I 例）わたし は 愛です。

① ごはんの 前□ 手を 洗います。

② コーヒーを 飲んで□□ 仕事します。

③ テストの 後□ 答えを 聞きます。

④ 子供が 静か□ なりました。

⑤ 隣の 部屋に だれ□ いません。

II 例）宿題を してから、テレビを 見ます。

→ テレビを 見る 前に、宿題を します。

① 散歩してから、夕ごはんを 食べます。

→

② 体操を してから、海で 泳ぎます。

→

③ 日本へ 来てから、結婚しました。

→

④ 新聞を 読んでから、会社へ 行きます。

→

III 例）窓を 開けます。→ 掃除の 前に、窓を 開けます。

旅行 ・ 食事 ・ 試験 ・ ~~掃除~~ ・ 会議 ・ パーティー

① 手を 洗います。→

② 勉強を します。→

③ 電車の 時間を 調べます。→

④ コピーを します。→

⑤ ケーキを 作ります。→

Ⅳ 例）宿題を　してから、テレビを　見ます。

　　　→　宿題を　した　後で、テレビを　見ます。

①散歩してから、朝ごはんを　食べます。

　　　→

②映画を　見てから、お茶を　飲みます。

　　　→

③勉強してから、夕ごはんを　食べます。

　　　→

④掃除を　してから、買い物に　行きます。

　　　→

Ⅴ 例）3時 { まで ・（までに）} 来て　ください。

①明日 { まで ・ までに } 返事を　ください。

②3歳 { まで ・ までに } 横浜に　住んで　いました。

③授業が　始まる { まで ・ までに } 友達と　おしゃべりします。

④お客さんが　来る { まで ・ までに } お茶の　準備を　します。

⑤暗く　なる { まで ・ までに } 外で　遊びます。

話しましょう

CD A-11,12,13

I

A：わたしは ①<u>レポートを 出した</u> 後で、②<u>テニスを します</u>。

チンさんは？

B：わたしは ③<u>買い物を します</u>。

（1）①テストが 終わります　②釣りを します　③旅行に 行きます

（2）①食事を します　②妹に 会います　③会議に 出席します

（3）①会社へ 戻ります　②書類を 作ります

　　③お客さんに 電話を かけます

II

A：①<u>テストが 始まる</u> 前に、

　　②<u>辞書を かばんの 中に 入れて</u> ください。

B：はい、わかりました。

（1）①出かけます　　②テレビを 消します

（2）①質問します　　②考えます

（3）①家に 入ります　②靴を 脱ぎます

応用会話

A：バスが 来ました。

B：いつ お金を 払いますか。

A：バスに 乗る 前に、払います。

B：わたしの 国では バスを 降りる 前に、払います。

A：そうですか。

単語 CD A-14

ラブレター 3	情書	ドキドキ 1	(心)噗通噗通地跳
デート 1	約會	はっきり 3	清楚，明確
返事 3 （へんじ）	回答，回覆；回信	とっても 0	非常(口語) ＝とても
月 2 （つき）	月亮；(一個)月	▼	
雪 2 （ゆき）	雪	うん 1	嗯，是(口語) ＝はい
石 2 （いし）	石頭	ううん 2	不，不是(口語) ＝いいえ
湖 3 （みずうみ）	湖，湖泊		
正月 4 （しょうがつ）	正月；新年，過年期間		
プラネタリウム 5	星象儀；星象館		
展覧会 3 （てんらんかい）	展覽會		
～様 （さま）	～先生，～小姐(敬稱)		
～員 （いん）	～員，～人員		
駅員 2 （えきいん）	車站站務員		
意見 1 （いけん）	意見		
国語辞典 4 （こくごじてん）	國語辭典		
オートバイ 3	摩托車		
▼			
固い 0 （かた）	硬的		
かっこいい 4	帥氣的，酷的		
正しい 3 （ただ）	正確的		
苦い 2 （にが）	(味道)苦的；痛苦的		
深い 2 （ふか）	深的		
立派(な) 0 （りっぱ）	華麗(的)，壯觀(的)		
だめ(な) 2	不行(的)；無用(的)		
▼			
負けます 3 【負ける 0】 （ま）	輸，負，敗		
役に立ちます 2 【役に立つ 2】 （やく）（た）	有用，有益處		

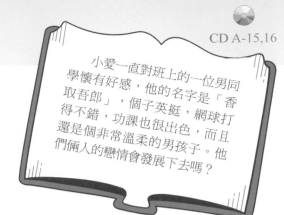

CD A-15,16

小愛一直對班上的一位男同學懷有好感，他的名字是「香取吾郎」，個子英挺，網球打得不錯，功課也很出色，而且還是個非常溫柔的男孩子。他們倆人的戀情會發展下去嗎？

「愛、何を 読んで いますか。」

「あぁー、だめ、だめー！！！
見ないで ください。」

「何、何。
あっ、ラブレター。」

鈴木 愛 様

大学で 初めて 君を 見て、

ぼくは ドキドキ した。

はっきり 言う。愛ちゃんが 好きだ。

愛ちゃんは 明るくて かわいい 女の子だ。

ぼくは いつも 愛ちゃんを 見て いる。

君は 好きな 人が いる？

今 ぼくは 世界の 中で

愛ちゃんが 一番 好きだ。

君の 気持ちを 教えて・・・。

香取 吾郎

LoVe

27

「愛は　香取君が　好きですね。」

「わかりますか。」

「愛は　いつも　香取君の　話を　して　います。」

「えっ。」

「顔が　赤いですよ。

　好きな　気持ちは　21世紀も　22世紀も　同じですね。」

「今から　香取君に　返事を　書きます。

　香取君と　デートを　したいです。

　スピカは　どこへ　デートに　行きましたか。」

「初めての　デートは　月へ　行きました。

　そして、月で　星を　見ました。」

「22世紀の　デートは　すごいですね。」

香取　吾郎　君へ

　手紙　ありがとう。

　とても　うれしかったです。

　香取君は　優しくて　かっこいいです。

　わたしも　香取君が　好きです。

　今度の　日曜日に　プラネタリウムへ　行きませんか。

　わたしは　星を　見る　ことが　好きです。

　香取君と　一緒に　星が　見たいです。

　　　それでは、また。

　　　　　　　　　　　　　　　　　鈴木　愛より

Q&A

①愛は 何を 読んで いましたか。

_____

②だれからの 手紙でしたか。

_____

③スピカは どこへ デートに 行きましたか。

_____

④香取君は どんな 人ですか。

_____

⑤愛は 香取君に 返事を 書きましたか。

_____

27-1a これは <u>りんごだ。</u>

これは 石 { だ。
　　　　　　 では ない。（＝じゃ ない。）

きのうは 雪 { だった。
　　　　　　　では なかった。（＝じゃ なかった。）

▶ あしたから 夏休みだ。

▶ ブラウンさんは アメリカ人では ない。

▶ きのうは 月曜日だった。

▶ おとといは 仕事では なかった。

27-1b このホテルは　<ruby>静<rt>しず</rt></ruby>かだ。

その<ruby>建物<rt>たてもの</rt></ruby>は　<ruby>立派<rt>りっぱ</rt></ruby>
$$\begin{cases} だ。 \\ では　ない。（＝じゃ　ない。） \\ だった。 \\ では　なかった。（＝じゃ　なかった。） \end{cases}$$

▶ <ruby>吉田<rt>よし だ</rt></ruby>さんは　いつも　<ruby>元気<rt>げん き</rt></ruby>だ。

▶ このテストは　<ruby>簡単<rt>かんたん</rt></ruby>では　ない。

▶ <ruby>駅員<rt>えきいん</rt></ruby>は　<ruby>親切<rt>しんせつ</rt></ruby>だった。

▶ <ruby>先週<rt>せんしゅう</rt></ruby>　わたしは　<ruby>暇<rt>ひま</rt></ruby>では　なかった。

27-1c このケーキは　おいしい。

あのパンは
$$\begin{cases} <ruby>固<rt>かた</rt></ruby>い。 \\ <ruby>固<rt>かた</rt></ruby>くない。 \\ <ruby>固<rt>かた</rt></ruby>かった。 \\ <ruby>固<rt>かた</rt></ruby>くなかった。 \end{cases}$$

▶ <ruby>田中<rt>た なか</rt></ruby>さんは　<ruby>優<rt>やさ</rt></ruby>しい。

▶ この<ruby>薬<rt>くすり</rt></ruby>は　<ruby>苦<rt>にが</rt></ruby>くない。

▶ <ruby>山田<rt>やま だ</rt></ruby>さんの　<ruby>意見<rt>い けん</rt></ruby>は　<ruby>正<rt>ただ</rt></ruby>しかった。

▶ あの　<ruby>湖<rt>みずうみ</rt></ruby>　は　<ruby>深<rt>ふか</rt></ruby>くなかった。

▶ <ruby>軽<rt>かる</rt></ruby>い　かばんが　<ruby>欲<rt>ほ</rt></ruby>しい。

27-1d わたしは　車を　運転する。

お正月に　田舎へ
- 帰る。
- 帰らない。
- 帰った。
- 帰らなかった。

▶ 週に　2回　オートバイで　アルバイトへ　行く。

▶ わたしは　いつも　5時に　起きる。

▶ 彼は　あした　東京へ　来る。

▶ この試合は　負けない。

▶ わたしは　毎朝　ごはんを　食べない。

▶ 今日　公園を　散歩しない。

▶ この国語辞典は　とても　役に立った。

▶ 小林さんに　さっき　電話を　かけた。

▶ わたしは　彼と　デートの　約束を　した。

▶ 今朝　新聞を　読まなかった。

▶ きのう　テレビを　見なかった。

▶ おととい　リーさんは　パーティーに　来なかった。

特殊的「ある」

（○）ここに　テレビが　ある。

（×）ここに　テレビが　あらない。

⇒ここに　テレビが　ない。

（過去：あった ⇔ なかった）

普通体

● 〔 　 〕内は丁寧体 ●

行く	行かない	行った	行かなかった
〔行きます〕	〔行きません〕	〔行きました〕	〔行きませんでした〕
飲む	飲まない	飲んだ	飲まなかった
〔飲みます〕	〔飲みません〕	〔飲みました〕	〔飲みませんでした〕
見る	見ない	見た	見なかった
〔見ます〕	〔見ません〕	〔見ました〕	〔見ませんでした〕
する	しない	した	しなかった
〔します〕	〔しません〕	〔しました〕	〔しませんでした〕
＊来る	＊来ない	＊来た	＊来なかった
〔来ます〕	〔来ません〕	〔来ました〕	〔来ませんでした〕
＊ある	＊ない	＊あった	＊なかった
〔あります〕	〔ありません〕	〔ありました〕	〔ありませんでした〕
高い	高くない	高かった	高くなかった
〔高いです〕	〔高くありません〕	〔高かったです〕	〔高くありませんでした〕
いい	よくない	よかった	よくなかった
〔いいです〕	〔よくありません〕	〔よかったです〕	〔よくありませんでした〕
静かだ	静かではない	静かだった	静かではなかった
〔静かです〕	〔静かではありません〕	〔静かでした〕	〔静かではありませんでした〕
きれいだ	きれいではない	きれいだった	きれいではなかった
〔きれいです〕	〔きれいではありません〕	〔きれいでした〕	〔きれいではありませんでした〕
休みだ	休みではない	休みだった	休みではなかった
〔休みです〕	〔休みではありません〕	〔休みでした〕	〔休みではありませんでした〕
雨だ	雨ではない	雨だった	雨ではなかった
〔雨です〕	〔雨ではありません〕	〔雨でした〕	〔雨ではありませんでした〕

27-2 A：コーヒー（を） 飲む？

B：うん、飲む。

- A：その本（は） おもしろい？

  B：うん、とっても。

- A：これから 一緒に 映画（を） 見ない？

  B：うん、いいよ。

- A：そこに 辞書 ある？

  B：ううん、ない。

- A：彼女の 電話番号（を） 知って （い）る？

  B：うん、知って （い）る。

  A：（それ）じゃあ、教えて （ください）。

- A：今 暇？

  B：うん、暇。

  A：ちょっと 手伝って （ください）。

- A：あした どこ（へ） 行く？

  B：展覧会。

I 例）わたし は　愛です。

①図書館□　友達□　勉強する。

②スポーツの　中で　サッカー□　いちばん　好き。

③あした　新宿へ　買い物□　行く。

④掃除を　して　部屋が　きれい□　なった。

⑤父は　イギリスへ　行った　こと□　ある。

II 例）それは　わたしの　かばんです。

　　　→　それは　わたしの　かばんだ。

①あいこさんは　さくら大学の　学生でした。

　　→

②東京は　静かでは　ありません。

　　→

③この靴は　安かったです。

　　→

④わたしは　たばこを　吸いません。

　　→

⑤トムさんが　わたしの　家へ　来ました。

　　→

⑥きのうは　勉強しませんでした。

　　→

III 例）A：カラオケへ　行く？　（うん）

　　　B：うん、行く。

①A：ジョンさんは　アメリカ人？　（うん）

　B：

②A：鈴木さんは　元気だった？　（ううん）

　　B：

③A：この本　おもしろい？　（ううん）

　　B：

④A：京都の　お寺を　見学した？　（うん）

　　B：

⑤A：富士山で　写真を　撮った？　（ううん）

　　B：

⑥A：きのう　忙しかった？　（ううん）

　　B：

⑦A：チンさんは　歌が　上手？　（うん）

　　B：

Ⅳ　質問に　答えて　ください。

①きのうは　雨だった？

_____

②今日は　暑い？

_____

③朝　起きてから、何を　した？

_____

④趣味は　何？

_____

⑤今　何が　欲しい？

_____

⑥アメリカへ　行った　ことが　ある？

_____

⑦先生の　電話番号　知ってる？

_____

V 日記を 書いて ください。

例）5月15日（日曜日）

友達の李さんと一緒に映画を見に行った。

李さんとわたしは日本の映画が好きだ。

わたしたちは日本の映画をよく見に行く。

きのうの映画もとてもおもしろかった。

映画の後で李さんと買い物に行った。

西門町はとてもにぎやかだった。

とても楽しい1日だった。

月　　日（　　曜日）

....

....

....

....

....

....

....

....

....

....

....

....

....

話しましょう

CD A-17,18,19

Ⅰ

A：あした　食事に　行かない？

B：ごめんね。あしたは　<u>忙しい</u>。

A：そう。

B：また　今度　誘って。

（1）仕事です

（2）試験が　あります

（3）暇では　ありません

Ⅱ

A：①<u>旅行</u>　どうだった？

B：とっても　②<u>よかった</u>。

A：③<u>お土産　買った</u>？

B：うん。たくさん。

（1）①お花見　　②にぎやかでした　　③お酒を　飲みました

（2）①ハワイ　　②きれいでした　　③写真を　撮りました

（3）①カラオケ　②楽しかったです　③日本語の　歌を　歌いました

応用会話

A：あした　忙しい？

B：ううん、あしたは　アルバイト　休み。

A：じゃあ、コンサートへ　行かない？

B：うん、いいよ。

A：じゃあ、あした・・・。

ごめん：對不起，抱歉
　　　　（比「ごめんなさい」口語）

e研講座

宛名・差出人の住所氏名の書き方
（收件人、寄件人地址及姓名的寫法）

はがき（明信片）

無論直式或橫式，日本與台灣相同，可以將收件人與寄件人姓名與地址寫在正面，另外也可以如同下面信封所示，將寄件人姓名與地址寫在背面。 但要留意收件人稱謂不能寫「さん」，必須寫「様」。若是要給老師，可以「先生」取代「様」，但記得不可寫作「(×)先生様」。

封筒（信封）

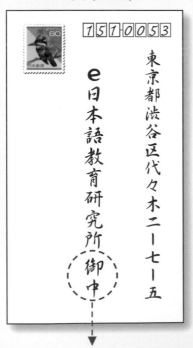

表（正面）

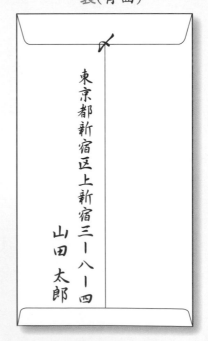

裏（背面）

若收件人非個人，而是一個機構(學校、公司等)時，必須以「御中」稱呼。

単語　 CD A-20

どうして 1	為什麼	毎年／毎年 0	毎年
なぜ 1	何故，為什麼	昼間 3	白天
▼		昨夜 2	昨夜，昨晚
このごろ 0	最近，這些日子	季節 1, 2	季節
もうすぐ 3	即將，快要	雲 1	雲
危険(な) 0	危險(的)	パリ 1	巴黎
一生懸命(な) 5	拼命努力(的)	ハイキング 1	郊遊
不合格 2	不及格	ディズニーランド 5	迪士尼樂園
▼		交通 0	交通
打ちます 3【打つ 1】	打，拍，敲	道 0	道路
込みます 3【込む 1】	擁擠	字 1	字
売れます 3【売れる 0】	暢銷	▼	
投げます 3【投げる 2】	抛，投，擲	黒猫 0	黑貓
間違えます 5【間違える 4,3】	弄錯	前足 1, 2	前腳
離陸します 5【離陸する 0】	(飛機等)起飛	ひげ 0	鬍鬚
遅刻します 5【遅刻する 0】	遲到		
欠席します 6【欠席する 0】	缺席		
引っ越しします 6	搬家		
【引っ越しする 0】			
▼			
用事 0	要事，事情		
都合 0	情況；方便與否		
社長 0	社長，總經理		
リーダー 1	領導人，領袖		
知り合い 0	相識；熟識的人		

CD A-21,22

機器狗奇皮能夠和小愛家的寵物貓咪咪溝通，就像思比佳和小愛是好朋友一樣，奇皮和咪咪一有機會也會聚在一起聊天。讓我們來聽聽咪咪跟奇皮今天說了些什麼。

チッピーは　ミミの　話が　わかります。
ミミも　チッピーの　話が　わかります。
チッピーと　ミミは　2匹で
話す　ことが　できるので、
時々　話します。

「こんにちは、ミミ。」

「いらっしゃい。チッピー。
元気？」

「おかげさまで。
ミミは　どうして　いつも　昼間　寝て　いるんですか。」

「夜　会議が　あるからです。
毎晩　2時に　夢の町公園で　会議が　あります。」

「それは　たいへんですね。
会議に　何匹くらい　出ますか。」

「30匹くらいです。」

「どんな　話を　しますか。」

「ゆうべは　夢の町公園の　桜の　話を　しました。
桜は　毎年　雲や　風の　具合を　見て　春に　咲きます。
でも、今年は　桜の　花が　季節を　間違えたので、
冬に　咲きました。」

おかげさまで：托(您的)福

41

◆ 奇皮看到咪咪跟一隻黑貓點頭打招呼。

🐕「あの黒猫は　知り合いですか。」

🐈「あの黒猫は　リーダーです。

彼女は　すごいです。

彼女は　未来も　わかります。」

🐈「今　彼女が　前足で　ひげを

触りました。もうすぐ　雨が　降りますよ。」

🐕「あっ！　ほんとうです。雨です。」

🐈「猫は　木や　花や　虫などから　話を　聞く　ことが　できます。

それで、いろいろな　ことを　知って　いるんです。」

🐕「猫は　すごいですね。」

🐈「でも、わたしは　猫なのに、木に　登る　ことが　できません。

高い　所が　怖いんです。」

🐕「えっ？！」

Q&A

①ミミは　どうして　昼間　寝て　いますか。

_____

②ゆうべは　何の　話を　しましたか。

_____

③雨が　降る　前に、リーダーの　黒猫は　何を　しますか。

_____

④ミミは　どうして　木に　登る　ことが　できないんですか。

_____

 **文型**

28-1 休みだ<u>から</u>、ディズニーランドへ　行きます。

コピーする
暑い
字が　下手だ
雨だ

｝から、｛

ちょっと　待って　ください。
クーラーを　つけます。
パソコンで　打ちます。
出かけません。

普通体＋から

▶ 今日は　母の　誕生日だから、早く　帰ります。

▶ あの店の　ケーキは　おいしいから、よく　売れます。

▶ 便利だから、携帯電話を　使います。

▶ お金が　ないから、洋服を　買いません。

▶ 友達が　来るから、部屋を　きれいに　します。

28-2 A：どうして　学校を　休みましたか。
　　　＝どうして　学校を　休んだんですか。
　　B：頭が　痛かったからです。
　　　＝頭が　痛かったんです。

▶ A：どうして　パリへ　行きますか。
　　　＝どうして　パリへ　行くんですか。
　　B：絵の　勉強を　したいからです。
　　　＝絵の　勉強を　したいんです。

▶ A：どうして　飛行機は　離陸しませんか。
　　　＝どうして　飛行機は　離陸しないんですか。
　　B：台風が　来るからです。
　　　＝台風が　来るんです。

▶ A：なぜ　引っ越ししますか。
　　　＝なぜ　引っ越しするんですか。
　　B：駅から　遠くて　不便だからです。
　　　＝駅から　遠くて　不便なんです。

群組記憶
最有效率！

	現在	現在否定	過去	過去否定
動詞Ⅰ	飲むんです	飲まないんです	飲んだんです	飲まなかったんです
動詞Ⅱ	食べるんです	食べないんです	食べたんです	食べなかったんです
動詞Ⅲ	するんです	しないんです	したんです	しなかったんです
	来るんです	来ないんです	来たんです	来なかったんです
い形容詞	寒いんです	寒くないんです	寒かったんです	寒くなかったんです
な形容詞	＊暇なんです	暇じゃないんです	暇だったんです	暇じゃなかったんです
名詞	＊雨なんです	雨じゃないんです	雨だったんです	雨じゃなかったんです

28-3 日本語が よく わからないので、ゆっくり 話して ください。

用事が ある
授業が 終わった ┃ので、┃ パーティーを 欠席します。
天気が いい ┃ みんな 家に 帰りました。
ハイキングに 行きます。

> 普通体＋ので

静かな
風邪な ┃ので、┃ ゆっくり 本を 読みます。
会社へ 行きません。

> (×)静かだので→静かなので 例
> (×)風邪だので→風邪なので 外

▶ 旅行に 行くので、大きい かばんを 買いました。
▶ 熱が あったので、学校を 休みました。
▶ あした 都合が 悪いので、あさって 行きます。
▶ 昨夜の パーティーは 楽しかったので、家族に 話しました。
▶ 危険なので、石を 投げないで ください。
▶ きのう 暇だったので、ビデオを 見ました。

28-4 大学に 入りたいです。
それで、今 一生懸命 勉強して います。

▶ 交通事故が ありました。道が 込んで いました。

それで、遅刻しました。

▶ きのう わたしは とても 忙しかったです。

それで、宿題を しませんでした。

▶ 母が 入院して います。

それで、病院へ 行きます。

▶ あしたは 友達の 誕生日です。

それで、プレゼントを 買いに 行きます。

▶ 風邪を 引きました。

それで、学校へ 行きませんでした。

e 研講座

「から」と「ので」

同樣都是表示原因或理由的「から」和「ので」除了在名詞和な形容詞的接續上（名詞/な形容詞だ＋から；名詞/な形容詞な＋ので）有差異之外，用法上也有些不同：「から」是說話者基於主觀判斷作出的理由，後文可接續表示強烈意志的命令語句；「ので」較客觀，多用於客氣、委婉說明理由時。另外還有一項不同是，「から」有置於句尾，後面接續「です/だ」的用法，而「ので」則不行。例如：「どうして道が込んでいるのですか」「事故があった（〇から ×ので）です」。

28-5 一生懸命 勉強したのに、不合格でした。

$$
\left.\begin{array}{l}
わからない \\
薬を\ 飲んだ \\
家が\ 近い
\end{array}\right\}
のに、
\left\{\begin{array}{l}
質問しません。 \\
熱は\ 下がりません。 \\
よく\ 遅刻を\ します。
\end{array}\right.
$$

普通体＋のに

$$
\left.\begin{array}{l}
元気な \\
休みな
\end{array}\right\}
のに、
\left\{\begin{array}{l}
学校を\ 休んで\ います。 \\
朝から\ 忙しいです。
\end{array}\right.
$$

（×）元気だのに→元気なのに　例
（×）休みだのに→休みなのに　外

▶ 30分も 待ったのに、バスは 来ません。

▶ 雪が 降って いるのに、子供は 外で 遊んで います。

▶ 約束したのに、来ませんでした。

▶ にぎやかなのに、赤ちゃんは よく 寝て います。

▶ きのうは 日曜日だったのに、仕事が ありました。

▶ 大きい 会社の 社長なのに、電車で 通って います。

Ⅰ 例）わたし　は　愛です。

①休みだ □□　家に　います。

②おなかが　痛いの □　病院へ　行きます。

③お金が　ないの □　どこへも　行きません。

④病気なの □　会社へ　来ました。

⑤アメリカへ　行きたいです。それ □　英語を　勉強します。

Ⅱ 例）風邪を　引きました。　家に　いました。

　　　→　風邪を　引いたので、家に　いました。

①漢字が　わかりませんでした。　先生に　聞きました。

　　　→

②夏休みに　ハワイへ　行きます。　旅行の　本を　買いました。

　　　→

③母の　誕生日です。　ケーキを　焼きました。

　　　→

④暑いです。　窓を　開けても　いいですか。

　　　→

⑤危険です。　入っては　いけません。

　　　→

Ⅲ例）（約束しました → 約束したのに） 来ませんでした。

①電話番号を （聞きました →　　　　　　　　） 忘れました。

②兄は （大学生です →　　　　　　　　） 勉強しません。

③図書館へ 本を 借りに （行きました →　　　　　　　　） 休みでした。

④冷蔵庫が （買いたいです →　　　　　　　　） お金が ありません。

⑤簡単な （問題でした →　　　　　　　　） 間違えました。

Ⅳ例） どうして きのう 早く 帰ったんですか。

　　　→ 頭が 痛かったんです。

①どうして パーティーに 出席しなかったんですか。

　　→

②どうして 早く 起きたんですか。

　　→

③どうして 愛ちゃんと けんかしたんですか。

　　→

④どうして ここに 入っては いけないんですか。

　　→

⑤どうして 旅行に 行かなかったんですか。

　　→

朝 勉強します。	都合が 悪かったです。
とても 危険です。	~~頭が 痛かったです。~~
台風でした。	約束の 時間に 遅れました。

V 例)（　　）の　中に　のに　ので　どちらが　入りますか。

①部屋が　汚い（　　　）　掃除します。

②あしたは　日曜日な（　　　）　働きます。

③あのレストランは　高い（　　　）　あまり　おいしくありません。

④たくさん　勉強した（　　　）　100点でした。

⑤デパートへ　行った（　　　）　休みでした。

⑥今度の　土曜日　暇な（　　　）　映画を　見に　行きます。

VI 例)　風邪を　引いたので、病院へ　（　行きます　行きません　）。

　　　　風邪を　引いたのに、病院へ　（　行きます　行きません　）。

①今日は　寒いのに、アイスクリームが

　　　　　　　　　　　　　　（　食べたいです　食べたくないです　）。

②野球が　好きなので、毎日　練習　（　します　しません　）。

③あのスーパーは　安いので、よく　買い物に

　　　　　　　　　　　　　　（　行きます　行きません　）。

④今日は　天気が　いいので、（　散歩します　散歩しません　）。

⑤旅行に　行ったのに、写真を　（　撮りました　撮りませんでした　）。

⑥駅まで　遠いので、バスに　（　乗ります　乗りません　）。

話しましょう

CD A-23,24,25

Ⅰ

A：どうして ①会社を 休んだんですか。

B：②風邪を 引いたからです。

A：そうですか。

（1）①夕ごはんを 食べません　　②おなかが 痛いです

（2）①警官が います　　　　　　②事故が ありました

（3）①車で 行きます　　　　　　②荷物が 重いです

Ⅱ

A：ちょっと すみません。

B：どうしましたか。

A：①代々木駅が わからないので、教えて ください。

B：一緒に ②地図を 見ましょうか。

A：お願いします。

（1）①宿題が できません　　　　　　　　　　②勉強します

（2）①図書館で 本が 借りたいです　　　　　②図書館へ 行きます

（3）①安くて いい パソコンが 買いたいです　②見に 行きます

応用会話

A：このごろ 仕事は どうですか。

B：忙しいです。

A：そうですか。

B：忙しいから、毎晩 あまり 寝て いません。

A：日曜日は 休んで いますか。

B：家で 仕事を して いるので、休む ことが できません。

A：たいへんですね。

単語		🔘 CD A-26

～行き／行き0	(交通工具)往～	あいさつ1	問候，寒暄；致詞
どのくらい0,1	多少	ほら1	(引起注意)喂，瞧
(どれくらい0,1)		▼	
たぶん1	大概，或許	思います4【思う2】	想，覺得，認爲
～とき	～時，～時候	かかります4【かかる2】	花費，需要
眠い0	睏的，想睡的	出張します6【出張する0】	出差
まずい2	難吃的	～終わります【～終わる】	～(做)完
▼			
～室	～室		
会議室3	會議室		
馬小屋0	馬廄		
工場3	工廠		
お手洗い3	洗手間，廁所		
辺0	一帶，附近		
▼			
味噌1	味噌		
しょうゆ0	醬油		
物価0	物價		
スリッパ1,2	拖鞋		
ガラス0	玻璃		
火1	火		
▼			
家内1	妻子，內人(謙稱)		
赤ん坊0	嬰兒		
運転手3	司機		
課長0	課長，科長		
校長0	(中小學)校長		

「あいさつは　難しい。」

CD A-27,28

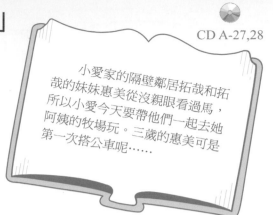

小愛家的隔壁鄰居拓哉和拓哉的妹妹惠美從沒親眼看過馬，所以小愛今天要帶他們一起去她阿姨的牧場玩。三歲的惠美可是第一次搭公車呢……

「バス　まだ？」

「もう　ちょっと　待って。
　この時間は　道路が　込むから。」

「恵美は　まだ　バスに　乗った　ことが　ありません。」

「ほんとうですか。」

「はい。初めてです。
　恵美、愛ちゃんの　おばさんの　家では
　あいさつを　して　ください。」

「はい。」

「愛ちゃんの　おばさんに　会った　とき、
　『はじめまして。』と　言って、
　家に　入る　とき、『おじゃまします。』と　言います。」

　バスが　来ました。

「春山行きの　バスです。
　どうぞ　乗って　ください。」

「おじゃまします。」

「えっ？！」

「恵美、バスに　乗る　とき、
　『おじゃまします。』と
　言いません。ほら、
　運転手さんが
　びっくりしましたよ。」

Q&A

① 愛たちは　どこへ　行きましたか。＿＿＿＿＿＿＿＿＿＿＿＿＿＿

② だれが　初めて　バスに　乗りましたか。＿＿＿＿＿＿＿＿＿＿＿

③ どうして　運転手は　びっくりしましたか。＿＿＿＿＿＿＿＿＿＿

④ いつもは　春山まで　バスで　どのくらい　かかりますか。

＿＿＿＿＿＿＿＿＿＿＿＿＿＿＿＿＿＿＿＿＿＿＿＿＿＿＿＿＿＿

⑤ おばさんの　家に　何が　いますか。＿＿＿＿＿＿＿＿＿＿＿＿＿

文型

29-1a 先生は 「あした 試験を します。」と 言いました。

女の子
中村さん } は { 「こんにちは。」
「犬が 好きです。」
「大阪へ 出張します。」 } と 言いました。
課長

▶ 友達は 「夏休みに 日本へ 行きます。」と 言いました。

▶ A：山田さんは 何と 言いましたか。
　B：山田さんは 「この店は まずかったです。」と 言いました。

▶ 友達は 「コーヒー 飲む?」と 聞きました。

▶ 社長は 「お手洗いは どこ?」と 尋ねました。

29-1b 先生は あした 試験を すると 言いました。

女の子
中村さん } は { こんにちは
犬が 好きだ
大阪へ 出張する } と 言いました。
課長

▶ リーさんは ガラスの 工場で 働いて いると 言いました。

▶ 子供は アイスクリームが 食べたいと 言いました。

▶ 家内は この赤ん坊は 1歳だと 言いました。

▶ 校長先生は 教室で 騒いでは いけないと 言いました。

▶ お母さんは 味噌と しょうゆが ないと 言いました。

29-2 （わたしは） あしたも 寒いと 思います。

（わたしは）
- 鈴木さんは ここへ 来る
- 林さんは 運転しない
- 今年も 雪が 多い
- 友達は 元気だ
- あしたは 雨だ

と 思います。

▶ A：課長は どこに いますか。
　 B：会議室に いると 思います。

▶ A：佐藤さんは パーティーに 来ますか。
　 B：たぶん 来ないと 思います。

• •

▶ 日本は 物価が 高いと 思います。

▶ 花の 中で 桜が いちばん きれいだと 思います。

▶ このスリッパは 380円なので、安いと 思います。

▶ この辺は 公園が たくさん あるので、静かで いい 町だと
　 思います。

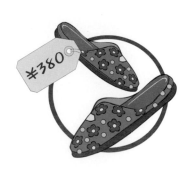

29-3a ごはんを 食(た)べる <u>とき</u>、「いただきます。」と 言(い)います。

寝(ね)る
食(た)べ終(お)わった
漢字(かんじ)が わからない
} とき、{
電気(でんき)を 消(け)します。
「ごちそうさまでした。」と 言(い)います。
先生(せんせい)に 聞(き)きます。

▶ 勉強(べんきょう)する とき、いつも CDを 聞(き)きます。
▶ 先週(せんしゅう) レストランへ 行(い)った とき、先生(せんせい)に 会(あ)いました。
▶ お金(かね)が ない とき、アルバイトを 探(さが)します。

29-3b 暑(あつ)い <u>とき</u>、上着(うわぎ)を 脱(ぬ)ぎます。

寒(さむ)い
暇(ひま)な
病気(びょうき)の
} とき、{
セーターを 着(き)ます。
映画(えいが)を 見(み)ます。
病院(びょういん)へ 行(い)きます。

▶ 天気(てんき)が いい とき、散歩(さんぽ)を します。
▶ A：眠(ねむ)い とき、どう しますか。
　 B：コーヒーを 飲(の)みます。
▶ 地震(じしん)の とき、火(ひ)を 消(け)して ください。

ごちそうさまでした：我吃飽了，謝謝款待
（ごちそうさま）

Ⅰ 例) わたし は 愛です。

①台風 □ とき、出かけません。

②暇 □ とき、何 □ しますか。

③あしたの 試験は 簡単だ □ 思います。

④わたしは 先生 □ 「おはようございます。」 □ 言いました。

⑤佐藤さんは 部屋 □ 出る とき、「さようなら。」 □ 言いました。

Ⅱ 例) チンさん「これから 勉強します。」

　　　→A：チンさんは 何と 言いましたか。

　　　　B：「これから 勉強します。」と 言いました。

①鈴木さん「手伝って ください。」

　　→A：

　　　B：

②渡辺さん「あしたは 忙しいです。」

　　→A：

　　　B：

③木村さん「このレストランは おいしかったです。」

　　→A：

　　　B：

④山田さん「夏休みに 京都へ 行きます。」

　　→A：

　　　B：

Ⅲ例）ごはんを　食べます。そのとき、「いただきます。」と　言います。

　　　→　ごはんを　食べる　とき、「いただきます。」と　言います。

①夜　寝ます。そのとき、家族に　「おやすみなさい。」と　言います。

　　　→

②眠いです。そのとき、コーヒーを　飲みます。

　　　→

③暇です。そのとき、喫茶店で　本を　読みます。

　　　→

④お金が　ありません。そのとき、何も　買いません。

　　　→

⑤学校が　休みです。そのとき、旅行します。

　　　→

Ⅳ例）仕事は　6時ごろ　終わります。

　　　→　仕事は　6時ごろ　終わると　思います。

①夏の　5時は　明るいです。

　　　→

②その町は　とても　にぎやかです。

　　　→

③先生は　今年の　夏に　アメリカへ　行きます。

　　　→

④リーさんは　病気です。

　　　→

⑤あしたは　雨が　降りません。

　　　→

話しましょう

CD A-29,30,31

Ⅰ

A：何が　欲しいですか。

B：いい　①カメラが　欲しいです。②旅行を　する　とき、使います。

（1）①電子辞書　　　②言葉が　わかりません

（2）①望遠鏡　　　②星を　見ます

（3）①帽子　　　②海へ　行きます

Ⅱ

A：林 さんは　①結婚して　いますか。

B：②結婚して　いると　思います。③結婚指輪を　して　いますから。

（1）①フランス語を　話します　　　②話します

　　　③フランスの　大学を　卒業しました

（2）①まだ　学校に　います　　　②います

　　　③さっき　教室で　見ました

（3）①車を　運転します　　　　②運転しません

　　　③車を　持って　いません

応用会話

A：どうしましたか。

B：風邪だと　思います。
　　頭が　痛くて　熱が　あります。

A：いつからですか。

B：朝　起きた　ときからです。

A：大丈夫ですか。

B：はい。薬を　飲んだから　すぐ　治ると　思います。

30

単語

チョコ 1	巧克力(略語)	預かります 5【預かる 3】	保管，照料
ハート 0	心	運びます 4【運ぶ 0】	運送，搬運
形 0	形狀；形式	拾います 4【拾う 0】	拾，撿
バレンタインデー 5	西洋情人節	もらいます 4【もらう 0】	領受
ホワイトデー 4	白色情人節	あげます 3【あげる 0】	給，送
ネックレス 1	項錬	安心します 6【安心する 0】	安心，放心
マフラー 1	圍巾	紹介します 6【紹介する 0】	介紹
スカーフ 2	絲巾，領巾		
サンダル 0,1	涼鞋		
おもちゃ 2	玩具		
絵はがき 2	風景明信片		
生け花 2	插花		
絹 1	絲，絲綢		
定期券 3	月票，定期車票		
飛行場 0	飛機場		
▼			
部長 0	經理		
親友 0	好友，知己		
ボーイフレンド 5	男朋友		
ガールフレンド 5	女朋友		
▼			
旅行会社 4	旅行社		
理由 0	理由		
こと 2	事情		
▼			
ねえ 1	用於招喚，引起注意		

CD A-33,34

今天是2月14日西洋情人節，小愛爲心儀的香取親手做了巧克力，準備送給他表達心中愛意……

「愛、
　今日は　バレンタインデーですよ。
　もう　香取君に　チョコレートを　あげましたか。」

「いいえ　まだです。実は・・・。」

「どうしましたか。」

「さっき　見たんです。
　香取君が　同じ　クラスの
　女の子に　チョコレートを
　もらいました。」

「それは　何か　理由が　あると
　思います。」

「あっ、あそこに　香取君が・・・。」

◆ 思比佳突然上前詢問香取。

「香取君、話が　あります。」

「何ですか。」

「香取君は　クラスの　女の子に　チョコレートを　もらいましたね。」

「梨花さんに　チョコレートを　もらった　ことですね。
　あれは　違います。
　梨花さんは　僕の　親友の　永井が　好きなんです。
　それで、僕が　チョコを　預かりました。
　後で　永井に　あげます。」

63

「よかった。安心しました。

　香取君、ごめんなさい。

　これは　ハートの　形の　チョコレートです。」

「ありがとう。」

「きのう　スピカに　手伝って　もらいました。」

「愛ちゃん、来月の　ホワイトデーの　とき、

　すてきな　プレゼントを　買って　あげます。」

「わー　うれしい。」

「愛、よかったね。」

「ねえ、

　スピカの　ボーイフレンドは？」

「えっ、それは　秘密です。」

よかった：（表示放心）太好了

Q&A

①今日は　何の　日ですか。_____

②香取君の　親友は　だれですか。_____

③梨花さんは　だれが　好きですか。

_____

④愛は　どんな　形の　チョコレートを　作りましたか。

_____

⑤愛は　だれと　一緒に　チョコレートを　作りましたか。

_____

文型

30-1 わたしは 友達に おみやげを あげました。

$$\left.\begin{matrix} わたし \\ 母_{（はは）} \\ 先生_{（せんせい）} \end{matrix}\right\} は \left\{\begin{matrix} 父_{（ちち）} \\ 祖母_{（そぼ）} \\ 鈴木_{（すずき）}さん \end{matrix}\right\} に \left\{\begin{matrix} ネクタイ \\ 時計_{（とけい）} \\ 本_{（ほん）} \end{matrix}\right\} を あげました。$$

▶ わたしは 渡辺（わたなべ）さんに ばらの 花（はな）を あげました。

▶ スミスさんは 田中（たなか）さんに 絹（きぬ）の スカーフを あげました。

▶ 田中（たなか）さんは マリさんの 赤（あか）ちゃんに 車（くるま）の おもちゃを あげました。

▶ コロナは 健（けん）に 未来（みらい）の 本（ほん）を あげました。

▶ スピカは 愛（あい）に マフラーを あげました。

30-2 チンさんは 山本さんに 時計を もらいました。

$$\left.\begin{matrix} わたし \\ 姉_{（あね）} \\ 佐藤_{（さとう）}さん \end{matrix}\right\} は \left\{\begin{matrix} 先生_{（せんせい）} \\ お父_{（とう）}さん \\ 友達_{（ともだち）} \end{matrix}\right\} に \left\{\begin{matrix} 辞書_{（じしょ）} \\ セーター \\ 手袋_{（てぶくろ）} \end{matrix}\right\} を もらいました。$$

▶ わたしは 部長（ぶちょう）に 絵（え）はがきを もらいました。

▶ お母（かあ）さんは お父（とう）さんに ネックレスを もらいました。

▶ チンさんは 会社（かいしゃ）の 人（ひと）に 誕生日（たんじょうび）の プレゼントを もらいました。

▶ コロナは ベガに 昔（むかし）の サンダルと 昔（むかし）の 帽子（ぼうし）を もらいました。

▶ リーさんは リーさんの お兄（にい）さんに 古（ふる）い 切手（きって）を もらいました。

30-3 わたしは マリアさんに 日本料理を 作って あげました。

エミさん
ワンさん　は
わたし

友達
ケンさん　に
ワンさん

住所を　教えて
傘を　貸して　あげました。
お弁当を　買って

▶ わたしは キムさんに 明日の 予定を 連絡して あげました。

▶ 佐藤さんは ジョンさんに 生け花の 先生を 紹介して あげます。

▶ 母は 山田さんに 旅行の 写真を 見せて あげました。

▶ わたしは マリさんの 荷物を 運んで あげます。

▶ 兄は ワンさんの 仕事を 手伝って あげました。

▶ 太郎さんは 花子さんを 飛行場まで 送って あげました。

★「あげる」と「もらう」★

わたしは健くんに本をあげました。　　僕はスピカさんに本をもらいました。

30-4 わたしは 友達(ともだち)に 荷物(にもつ)を 運(はこ)んで もらいました。

わたし
兄(あに)
子供(こども)たち
} は {
父(ちち)
山田(やまだ)さん
先生(せんせい)
} に {
時計(とけい)を 買(か)って
写真(しゃしん)を 撮(と)って
本(ほん)を 読(よ)んで
} もらいました。

▶ 花子(はなこ)さんは 太郎(たろう)さんに 仕事(しごと)を 手伝(てつだ)って もらいました。

▶ おばあさんは 駅員(えきいん)さんに かばんを 持(も)って もらいました。

▶ 妹(いもうと)は マリアさんに 映画(えいが)の 切符(きっぷ)を 送(おく)って もらいます。

▶ 愛(あい)は 健(けん)に 絵(え)を かいて もらいました。

▶ わたしは 同(おな)じ クラスの 人(ひと)に 定期券(ていきけん)を 拾(ひろ)って もらいました。

知恵袋 バレンタインデー？ ホワイトデー？？

2月14日「バレンタインデー（西洋情人節）」在日本是女生送巧克力給心儀男生的日子。源於平常不敢告白的女生，在當天將代表著「我喜歡你」的巧克力送給男性，而成為女性主動表白愛意的日子。不過後來也演變成為了感謝平常就很照顧自己的男性上司或同事而贈送「義理(ぎり)チョコ(人情巧克力)」的節日。而這天收到巧克力的男性通常會於一個月後的3月14日「ホワイトデー(白色情人節)」回贈糖果等禮物。至於為什麼稱作白色情人節？其實這完全是日本商人獨創，據說是因為糖果等的主原料白砂糖是白色，另外也相對於巧克力的黑而有此命名。

I 例）わたし は 愛です。

①わたしは　山田さん □　写真を　あげました。

②チンさんは　マリーさんに　指輪 □　買って　あげました。

③この人形は　鈴木さん □　もらいました。

④わたしは　同じ　会社 □　人に　パソコン □　貸して　もらいました。

⑤先生は　「この本 □　あげます。」 □　言いました。

II 例）お母さんの　誕生日に　何を　あげましたか。（ネックレス）

　　　→　ネックレスを　あげました。

①友達の　誕生日に　何を　あげましたか。（CDと　本）

　　　→

②お父さんの　誕生日に　何を　あげましたか。（万年筆）

　　　→

③クリスマスに　何を　あげましたか。（コートと　帽子）

　　　→

④結婚記念日に　何を　あげましたか。（腕時計）

　　　→

⑤赤ちゃんが　生まれた　とき、何を　あげましたか。（赤ちゃんの　靴）

　　　→

III 例）父 ⇨ （シャツ） ⇨ 弟

　　　→　弟は　父に　シャツを　もらいました。

①母 ⇨ （ネクタイ） ⇨ 父

　　　→

②友達 ⇨ （コンサートの 切符）⇨ 木村さん

→

③ワンさん ⇨ （絵はがき）⇨ チンさん

→

④鈴木さん ⇨ （イタリアの かばん）⇨ お姉さん

→

⑤みちこさん ⇨ （きれいな ハンカチ）⇨ 妹

→

Ⅳ 例）辞書を 買います。（わたし⇨マリアさん）

　　→　わたしは マリアさんに 辞書を 買って あげました。

①日本料理を 作ります。（わたし⇨ジョンさん）

　　→

②旅行の 写真を 送ります。（妹 ⇨リンダさん）

　　→

③日本語学校の 電話番号を 教えます。（佐藤さん⇨ロバートさん）

　　→

④駅までの 地図を かきます。（警官⇨おばあさん）

　　→

⑤空港まで 送ります。（兄⇨友達）

　　→

Ⅴ 例）日本語を　教えます。（山田さん⇨わたし）

　　→　わたしは　山田さんに　日本語を　教えて　もらいました。

①中国語で　手紙を　書きます。（チンさん⇨わたし）

　　→

②洋服を　送ります。（お母さん⇨妹）

　　→

③昔の　日本の　話を　します。（おじいさん⇨息子）

　　→

④会議の　予定を　連絡します。（鈴木さん⇨わたし）

　　→

⑤ピアノを　弾きます。（フレア⇨わたし）

　　→

話しましょう

CD A-35,36,37

Ⅰ

A：スミスさんに　①日本の　本を　あげましたか。

B：はい、あげました。

わたしは　スミスさんに　②アメリカの　本を　もらいました。

（1）①きれいな　切手　　　　②古い　切手
（2）①赤い　Tシャツ　　　　②ピンクの　Tシャツ
（3）①新しい　電子辞書　　　②クラシックの　CD

Ⅱ

A：みきさん　①道が　わかりましたか。

B：はい、②警官に　③教えて　もらいました。

A：それは　よかったですね。

（1）①仕事が　終わります　　②会社の　人　　　　③手伝います
（2）①ホテルを　予約します　②旅行会社の　人　　③電話します
（3）①忘れ物が　あります　　②駅の　人　　　　　③探します

応用会話

A：すてきな　ブラウスですね。

B：誕生日に　母に　買って　もらいました。
　今度の　日曜日は　母の　誕生日なので、
　プレゼントを　買います。

A：お母さんに　何を　あげますか。

B：ばらの　花を　あげます。
　母は　ばらの　花が　大好きですから。

31

単語 CD A-38

開きます 3【開く 0】	開	先 0	(時間、順序)先；前方
いれます 3【いれる 0】	泡(茶、咖啡)	ほとんど 2	幾乎，大多
下げます 3【下げる 2】	降低	うっかり 3	不小心
落とします 4【落とす 2】	使落下；丟失	温かい 4	(水)溫的；(人情)溫暖的
落ちます 3【落ちる 2】	掉落；沒考上	うるさい 3	吵雜的；囉嗦的
壊します 4【壊す 2】	弄壞，損毀	真っ暗(な) 3	黑暗(的)，漆黑(的)
壊れます 4【壊れる 3】	壞，碎，倒塌		
冷やします 4【冷やす 2】	使冰涼	植物 2	植物
冷えます 3【冷える 2】	變冰涼	すいか 0	西瓜
並べます 4【並べる 0】	排列	飲み物 2	飲料
並びます 4【並ぶ 0】	排隊；並列	お湯 0	熱水，開水
沸かします 4【沸かす 0】	燒開，煮沸	（湯 1）	
沸きます 3【沸く 0】	(水)沸騰	チーズ 1	起司，乳酪
起こします 4【起こす 2】	叫醒，喚醒；引起	せっけん 0	肥皂，香皂
育ちます 4【育つ 2】	發育，成長	財布 0	錢包
枯れます 3【枯れる 0】	枯萎	引き出し 0	抽屜
閉まります 4【閉まる 2】	關，關閉	窓 1	窗戶
掛かります 4【掛かる 2】	掛著		
直ります 4【直る 2】	修好；改正	～中 0	～中，正在～中
晴れます 3【晴れる 2】	晴，放晴	仕事中 0	工作中
つきます 3【つく 1,2】	(燈)點亮	温度 1	溫度
見つかります 5【見つかる 0】	被發現，找到	研究 0	研究
なくなります 5【なくなる 0】	丟失，不見	におい 2	(嗅覺)味道，氣味
焼けます 3【焼ける 0】	著火；烤好	香り 0	香味，芳香
気をつけます 5	注意	足音 3,4	腳步聲
【気をつける 4】			
用意します 1【用意する 1】	準備		
記録します 5【記録する 0】	紀錄		
失敗します 6【失敗する 0】	失敗		

CD A-39,40

思比佳同父母一樣，喜愛研究東西。這一天大學上課結束後，思比佳心血來潮，主動邀約小愛到她家看有趣的研究……

「<ruby>愛<rt>あい</rt></ruby>、わたしの　<ruby>家<rt>いえ</rt></ruby>に　<ruby>来<rt>き</rt></ruby>ませんか。
おもしろい　ものを　<ruby>見<rt>み</rt></ruby>せて　あげます。」
<ruby>二人<rt>ふたり</rt></ruby>は　スピカの　<ruby>家<rt>いえ</rt></ruby>へ　<ruby>行<rt>い</rt></ruby>きました。

▶ 小愛與思比佳進到屋裡。

「<ruby>愛<rt>あい</rt></ruby>、<ruby>紅茶<rt>こうちゃ</rt></ruby>を　いれるから、
<ruby>先<rt>さき</rt></ruby>に　わたしの　<ruby>部屋<rt>へや</rt></ruby>に　<ruby>行<rt>い</rt></ruby>って。
お<ruby>菓子<rt>かし</rt></ruby>は　もう　テーブルの　<ruby>上<rt>うえ</rt></ruby>に　<ruby>置<rt>お</rt></ruby>いて　あります。」

　２<ruby>階<rt>かい</rt></ruby>へ　<ruby>上<rt>あ</rt></ruby>がったとき、
<ruby>愛<rt>あい</rt></ruby>は　<ruby>不思議<rt>ふしぎ</rt></ruby>な　<ruby>部屋<rt>へや</rt></ruby>を　<ruby>見<rt>み</rt></ruby>つけました。

「スピカ、ドアが　<ruby>開<rt>あ</rt></ruby>いて　います。
でも、<ruby>真<rt>ま</rt></ruby>っ<ruby>暗<rt>くら</rt></ruby>です。
いい　においが　します。
この<ruby>部屋<rt>へや</rt></ruby>は？」
「そこは　わたしの　<ruby>研究室<rt>けんきゅうしつ</rt></ruby>です。」
「えっ、<ruby>研究室<rt>けんきゅうしつ</rt></ruby>？
<ruby>入<rt>はい</rt></ruby>っても　かまわない？」
「どうぞ。」

<ruby>愛<rt>あい</rt></ruby>は　<ruby>部屋<rt>へや</rt></ruby>に　<ruby>入<rt>はい</rt></ruby>りました。<ruby>電気<rt>でんき</rt></ruby>が　つきました。
「わあー、<ruby>花<rt>はな</rt></ruby>が　たくさん　<ruby>咲<rt>さ</rt></ruby>いて　います。」

「スピカ、何を　研究して　いるんですか。」

「植物を　研究して　います。」

「果物も　たくさん　ありますね。

　　このすいかは　とても　大きいです。」

「それは　きのう　植えました。

　　1日で　大きく　なります。」

「すごーい！」

「でも、失敗する　ことも　あります。

　　きのう　すいかを　2本　植えました。

　　1本は　育ちましたが、1本は　枯れて　しまいました。

　　わたしは　毎日　写真を　撮って　記録して　います。

　　今　すいかの　写真を　撮って　しまいます。」

「愛、そのすいかを　取っても　いいですよ。

　　重いから　気をつけて。」

「わあー、重い。　・・・**あっ！**」

　　愛は　すいかを　落として　しまいました。

Q&A

①愛は　スピカの　家で　何を　見つけましたか。

_____

②不思議な　部屋は　何階に　ありますか。

_____

③研究室は　電気が　ついて　いましたか。

_____

④スピカは　すいかを　何本　植えましたか。

_____

⑤すいかは　何日で　大きく　なりますか。

_____

⑥スピカは　どうやって　すいかを　記録して　いますか。

_____

....

どうやって：如何做，怎麼做

31-1 ドアを 開けます。 / ドアが 開きます。

（他動詞） （自動詞）

財布を ｛ なくします。
見つけます。
落とします。 ／ 財布が ｛ なくなります。
見つかります。
落ちます。

▶ 子供を 起こします。 / 子供が 起きます。

▶ お湯を 沸かします。 / お湯が 沸きます。

▶ チンさんが かぎを 見つけました。 /
　家の かぎが 見つかりました。

▶ ワンさんが ドアを 閉めます。 /
　風が 強いので、ドアが 閉まりました。

▶ 男の人が タクシーを 止めます。 /
　タクシーが 止まりました。

▶ 窓を 開けます。 　　　▶ 窓が 開きます。

他動詞 vs 自動詞

他動詞			自動詞		
ドア	を	開ける	ドア	が	開く
値段	を	上げる	値段	が	上がる
学生	を	集める	学生	が	集まる
お金	を	入れる	お金	が	入る
子供	を	起こす	子供	が	起きる
ハンカチ	を	落とす	ハンカチ	が	落ちる
足	を	折る	足	が	折れる
席	を	変える	住所	が	変わる
絵	を	掛ける	絵	が	掛かる
結婚	を	決める	結婚	が	決まる
パソコン	を	壊す	パソコン	が	壊れる
電気	を	消す	電気	が	消える
値段	を	下げる	値段	が	下がる
窓	を	閉める	窓	が	閉まる
お金	を	出す	ごみ	が	出る
鉛筆	を	立てる	学生	が	立つ
電気	を	つける	電気	が	つく
話	を	続ける	話	が	続く
車	を	止める	車	が	止まる
自転車	を	直す	自転車	が	直る
病気	を	治す	病気	が	治る
財布	を	なくす	財布	が	なくなる
本	を	並べる	人	が	並ぶ
授業	を	始める	授業	が	始まる
かぎ	を	見つける	かぎ	が	見つかる
パン	を	焼く	パン	が	焼ける
お湯	を	沸かす	お湯	が	沸く

77

31-2a ドア<u>が</u> 開^あけて <u>あります</u>。

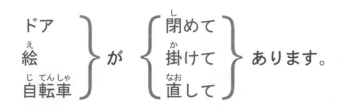

$$\left.\begin{array}{l}ドア\\ 絵^{え}\\ 自転車^{じてんしゃ}\end{array}\right\} が \left\{\begin{array}{l}閉^{し}めて\\ 掛^{か}けて\\ 直^{なお}して\end{array}\right\} あります。$$

▶ 学校^{がっこう}の 前^{まえ}に 車^{くるま}が 止^とめて あります。

▶ 引^ひき出^だしの 中^{なか}に お金^{かね}が 入^いれて あります。

▶ テーブルの 上^{うえ}に 温^{あたた}かい 飲^のみ物^{もの}が 用意^{ようい}して あります。

▶ 辞書^{じしょ}に 名前^{なまえ}が 書^かいて あります。

▶ エアコンの 温度^{おんど}が 下^さげて あります。

31-2b ドア<u>が</u> 開^あいて <u>います</u>。

$$\left.\begin{array}{l}ドア\\ 絵^{え}\\ 自転車^{じてんしゃ}\end{array}\right\} が \left\{\begin{array}{l}閉^{し}まって\\ 掛^{か}かって\\ 直^{なお}って\end{array}\right\} います。$$

▶ あの店^{みせ}は 日曜日^{にちようび}も 開^あいて います。

▶ 引^ひき出^だしの 中^{なか}に お金^{かね}が 入^{はい}って います。

▶ だれも いないのに、部屋^{へや}の 電気^{でんき}が ついて います。

▶ 熱^{ねつ}が 下^さがって います。病気^{びょうき}は もう 治^{なお}って います。

▶ 空^{そら}が きれいに 晴^はれて います。

31-3a この本は　全部　読んで　しまいました。

このビデオ
あのワイン
おいしい　お菓子
｝は　全部　{
見て
飲んで
食べて
｝
しまいます。
しまいました。

▶ ひらがなは　全部　覚えて　しまいました。
▶ 旅行の　準備は　もう　して　しまいました。
▶ 英語の　宿題は　ほとんど　やって　しまいました。
▶ 今日　レポートを　書いて　しまいます。

31-3b ケーキの　箱を　落として　しまいました。

かぎを　{
忘れて
なくして
落として
｝
しまいました。

▶ 2時間　遅れて　しまいました。ごめんなさい。
▶ 佐藤さんは　仕事中　寝て　しまいました。
▶ コンピューターが　壊れて　しまいました。
▶ 試験に　落ちて　しまいました。
▶ うっかり　兄の　自転車を　壊して　しまいました。

31-4 この花は　いい　においが　します。

隣の　部屋で　$\left\{\begin{array}{l}\text{子供の　声}\\\text{うるさい　音}\end{array}\right\}$　が　します。

▶ このチーズは　変な　味が　します。

▶ 外から　子供たちの　にぎやかな　声が　します。

▶ 今　足音が　しました。

▶ ばらの　香りが　します。

▶ このせっけんは　においが　しません。

I 例）わたし は 愛です。

①電気 ☐ つきます。／ 電気 ☐ つけます。

②テーブルの 上 ☐ パン ☐ ミルク ☐ 置いて あります。

③お母さんが 台所 ☐ ごはん ☐ 作って います。

④道 ☐ 車 ☐ 止めて あります。

⑤あそこ ☐ タクシー ☐ 止まって います。

II 例）ハンカチを 落とします。／ ハンカチが （ 落ちます ）。

①パンを 焼きます。／ パンが （　　　　　　）。

②パソコンの 値段を 下げました。／ パソコンの 値段が （　　　　　　）。

③機械を （　　　　　　）。／ 機械が 壊れました。

④切符を かばんに （　　　　　　）。／ 先生が 教室に 入ります。

III 例）本に 名前を 書きました。

　　→ 本に 名前が 書いて あります。

①教室の 窓を 開けました。

　→

②壁に 絵を 掛けました。

　→

③お湯を 沸かしました。

　→

④部屋の テレビを つけました。

　→

⑤テーブルの 上に コップを 並べました。

　→

Ⅳ 例）冷蔵庫に　ビールが　＿＿＿入れて＿＿＿　あります。
（　入る　　入れる　）

①教室の　電気が　＿＿＿＿＿＿＿　あります。
（　消える　消す　）

②本棚に　本が　＿＿＿＿＿＿＿　あります。
（　並ぶ　並べる　）

③玄関の　かぎが　＿＿＿＿＿＿＿　います。
（　かかる　かける　）

④駅の　前に　いつも　タクシーが　＿＿＿＿＿＿＿＿　います。
（　止まる　止める　）

⑤窓が　＿＿＿＿＿＿＿　いるから、寒いです。
（　開く　開ける　）

Ⅴ 例１）すぐに　晩ごはんを　作ります。

→　すぐに　晩ごはんを　作って　しまいます。

例２）かぎを　落としました。

→　かぎを　落として　しまいました。

①わたしは　朝　5時に　洗濯を　します。

→

②あの人は　ワインを　1本　飲みました。

→

③もう　日記を　書きました。

→

④わたしは　授業に　遅れました。

→

⑤電車の　中に　傘を　忘れました。

→

話しましょう

Ⅰ

A：①雑誌が　②並んで　いますね。

B：③本も　④並べて　あります。

　　さっき　佐藤さんが　④並べて　いました。

A：そうですか。

（1）①ビール　　　②冷える　　　③ジュース　　　④冷やす

（2）①ケーキ　　　②焼ける　　　③クッキー　　　④焼く

（3）①パソコン　　②直る　　　　③電子辞書　　　④直す

Ⅱ

A：マリアさん、時間が　ありますか。

B：ええ。

A：①映画を　見に　行きませんか。

B：いいですね。じゃあ、早く　②宿題を　して　しまいます。

（1）①昼ごはんを　食べます　　②仕事を　します

（2）①お酒を　飲みます　　　　②書類を　片付けます

（3）①洋服を　買います　　　　②レポートを　書きます

応用会話

A：どうしましたか。

B：お財布を　落として　しまいました。

A：どこで　落としましたか。

B：わかりません。

A：では、一緒に　交番に　行きましょう。

単語		CD B-01	
～秒 びょう	～秒	だから 1	因此，所以
～製 0 せい	～製造，～生產	しかし 2	但是，不過
ゆり 0	百合花	久しぶり 0.5 ひさ	(相隔)好久，許久
ティーポット 3	茶壺	にっこり 3	微笑
食器 0 しょっき	餐具	のんびり 3	悠閒地
ナイフ 1	餐刀，小刀	すっかり 3	完全
カレーライス 4	咖哩飯		
ラケット 2	(網球等的)球拍		
チケット 2.1	票，券		
入場券 3 にゅうじょうけん	入場券		
旅館 0 りょかん	(日式)旅館		
結婚式 3 けっこんしき	結婚典禮		
お祝い 0 いわ	祝賀；賀禮		
鶴 1 つる	鶴		
テキスト 1.2	課本，教科書		
操作 1 そうさ	操作		
新聞社 3 しんぶんしゃ	新聞社，報社		
▼			
～方 かた	～的方法		
折り方 3.4 お かた	折法		
仕方 0 し かた	方法，作法		
▼			
選びます 4【選ぶ 2】 えら	選擇		
飾ります 4【飾る 0】 かざ	裝飾，修飾		
くれます 3【くれる 0】	給，送(我)		
届けます 4【届ける 3】 とど	送到，遞送		
案内します 6【案内する 3】 あんない	引導；導覽，導遊		
説明します 6【説明する 0】 せつめい	說明，解釋		

今天香取要到小愛家來玩。
小愛忙著打掃、準備茶點，非常
忙碌。此時門口正傳來思比佳喊
小愛名字的叫聲……

「あ～い～！」

玄関で　声が　します。

スピカの　声です。

「どうぞー！」と　愛が　返事を　しました。

愛の　部屋は　２階です。

しかし、スピカは　２秒で　愛の　部屋に　来ました。

チッピーが　入って　いる　かばんを　持って　います。

「掃除ですか。」

「はい。今日の　午後　香取君が　遊びに　来るので、
　部屋を　きれいに　して　おきたいです。
　でも、時間が　あまり　ありません。」

「わたしが　掃除を　して　おくので、
　愛は　掃除を　しなくても　いいですよ。」

「本当ですか。スピカ、ありがとう。
　わたしは　花を　買いに　行きたいです。
　香取君は　わたしに　この花瓶を　くれました。
　だから、この花瓶に　花を　飾って　おきたいです。」

愛は　花を　買いに　行きました。

スピカは　チッピーを　かばんから　出しました。

チッピーは　掃除を　始めました。

スピカは　ベッドの　上で
のんびり　音楽を　聞いて　います。

「スピカさん、終わりました。」

部屋の 中が すっかり きれいに なりました。

「ご苦労様でした。下へ 行きましょう。」

スピカと チッピーは 階段を 降りて
1階へ 行きました。
花の いい 香りが します。
愛は 香取君に もらった 花瓶に
ばらの 花や ゆりの 花などを
飾って います。

「久しぶりに 掃除を したので、疲れました。」

「どうも ありがとう。」

「どういたしまして。」

「テーブルの 上に ケーキが あるので、
食べて ください。
ティーポットの 中に 入って いる 紅茶も どうぞ。」

「スピカさんは 何も しませんでした。
僕が 掃除を したんです。」

「スピカ！

じゃあ、チッピーだけ ケーキを
2つ 食べても いいですよ。」

チッピーは にっこり 笑いました。

ご苦労様でした：辛苦了

どういたしまして：不客氣

Q&A

①愛は　部屋で　何を　して　いましたか。

_____

②スピカは　かばんから　何を　出しましたか。

_____

③愛は　花瓶を　だれに　もらいましたか。

_____

④愛は　花瓶に　何の　花を　飾りましたか。

_____

⑤だれが　愛の　部屋を　掃除して　くれましたか。

_____

⑥どうして　チッピーは　ケーキを　2つ　食べても　いいんですか。

_____

文型

32-1 パーティーの 前に、花を 飾って おきます。

操作の 仕方
飛行機の 切符 } を { 覚えて
買って
予約して } おきます。
ホテル

▶ きのう 友達が 来る 前に、部屋を 掃除して おきました。
▶ 次の 授業までに この本を 読んで おいて ください。

....

▶ 暑いから、窓を 開けて おきます。
▶ まだ 使うので、そのパソコンは 消さないで おいて ください。

....

▶ 食事の 後で、食器を 洗って おきました。
▶ みんなが 帰ったので、スリッパを 片付けて おきました。

32-2 新宿へ 行く 電車は どれですか。

ここは { チンさんが 入学する
わたしが 卒業した
妹が 通って いる } 大学です。

▶ これは パンを 切る ナイフです。
▶ 新聞社の 前を 通る バスは どれですか。
▶ 友達に 借りた 漫画を なくしました。
▶ 両親が 泊まって いる 旅館は 温泉が 有名です。
▶ 父が 買った 車は ドイツ製です。

32-3a 山田さんは 僕に チョコレートを くれました。

鈴木さん
渡辺さん は わたし
わたしの 弟
わたしの 娘 に 本
ラケット
帽子 を くれました。
チンさん

▶ 中村さんは わたしに 映画の チケットを くれました。

▶ おじは 兄に 英語の テキストを くれました。

▶ マリアさんは 息子に おもちゃを くれました。

▶ 木村さんは 妹に お菓子を たくさん くれました。

▶ おばは 姉に 結婚式の お祝いを くれました。

★スピカは健に本をあげました★

わたしは健くんに本をあげました。

僕はスピカさんに本をもらいました。
スピカさんは僕に本をくれました。

スピカは健に本をくれました。
健はスピカに本をもらいました。

32-3b 鈴木さんは　わたしに　絵を　かいて　くれました。

林さんは　わたしに　鶴の　折り方を　教えて
田中さんは　わたしたちに　ケーキを　焼いて　}　くれました。
佐藤さんは　わたしの　妹に　本を　読んで

▶ 友達は　わたしに　辞書を　貸して　くれました。

▶ 佐藤さんは　わたしに　写真を　見せて　くれました。

▶ 会社の　人は　父に　書類を　届けて　くれました。

▶ 母は　時々　カレーライスを　作って　くれます。

▶ 姉は　わたしに　洋服を　買って　くれます。

練習

Ⅰ 例）わたし　は　愛です。

①窓□　開けて　あります。

②大学□　前□　通る　バスは　どれですか。

③父□　僕□　おもちゃの　車□　くれました。

④友達が　来る　前□　ジュースを　冷たく　して　おきます。

⑤姉□　わたし□　ケーキ□　買って　くれました。

Ⅱ 今夜　パーティーを　します。何を　して　おきますか。

例）　部屋を　掃除して　おきます。

①_____

②_____

③_____

④_____

⑤_____

~~部屋を　掃除します~~	花を　飾ります
飲み物を　買います	コップを　並べます
料理を　作ります	クーラーを　つけます

91

Ⅲ例）わたしは 見ました ＋ 映画は フランス映画です

　→ わたしが 見た 映画は フランス映画です。

①母は 作りました ＋ 料理は おいしいです

　→

②わたしは 卒業しました ＋ 小学校は 東京に あります

　→

③佐藤さんは 泊まります ＋ ホテルは 新宿です

　→

④これは レポートです ＋ リーさんは 書きました

　→

⑤これは かばんです ＋ 母は イタリアで 買いました

　→

Ⅳ例）佐藤さん・チョコレート・わたし

　→ 佐藤さんは わたしに チョコレートを くれました。

①中村さん・プレゼント・わたし

　→

②妹・おいしい お菓子・わたし

　→

③山田さん・おもちゃ・弟

　→

④兄・自転車・わたし

　→

⑤おばあさん・指輪・姉

　→

Ⅴ例) 父は わたしたちに ごはんを （ 作って ） くれました。

①母は 毎日 わたしの 部屋も （　　　　　） くれます。

②兄は わたしを 駅まで （　　　　　） くれます。

③鈴木さんは わたしに パソコンの 使い方を （　　　　　） くれました。

④友達は わたしに 誕生日プレゼントを （　　　　　） くれました。

⑤兄は わたしに 大切な カメラを （　　　　　） くれました。

送ります	掃除します	貸します
買います	説明します	~~作ります~~

Ⅵ例) 田中さん「このボール、あげるよ。」

　　　わたしの　弟「えっ、本当。ありがとう。」

　　　→　田中さんは　弟に　サッカーボールを

　　　　　　　（ もらいました ・ （くれました） ・ あげました ）

①わたし「辞書を 貸して ください。」

　山田さん「どうぞ。」

　→　山田さんは わたしに 辞書を 貸して

　　　　　　　（ くれました ・ あげました ・ もらいました ）

②わたし「英語を 教えて。」

　姉「いいよ。」

　→　わたしは 姉に 英語を 教えて

　　　　　　　（ くれました ・ あげました ・ もらいました ）

③山田さん「大丈夫ですか。持ちましょうか。」

　木村さん「ありがとうございます。」

　→　山田さんは 木村さんの 荷物を 持って

　　　　　　　（ くれました ・ あげました ・ もらいました ）

話しましょう

CD B-04,05,06

I

A：あした　①引っ越しを　します。

B：そうですか。だれか　②手伝って　くれますか。

A：はい、友達が　②手伝って　くれます。

（1）①パーティー　　　②料理を　作ります
（2）①生け花　　　　　②教えます
（3）①京都見学　　　　②案内します

II

A：林さんが　①かいた　絵は　どこですか。

B：あそこに　②飾って　おきました。

A：ありがとうございます。

（1）①作りました　箱　　　②置きます
（2）①直しました　いす　　②片付けます
（3）①壊しました　時計　　②捨てます

応用会話

リー：来週は　鈴木さんの　誕生日です。
　　　今日　プレゼントを　買って　おきたいので、
　　　一緒に　鈴木さんの　プレゼントを　選んで　くれますか。

佐藤：いいですよ。何を　買いますか。

リー：鈴木さんは　花が　好きだから、
　　　花の　絵が　かいて　ある　時計を　買いたいです。

佐藤：そうですか。じゃあ、デパートへ　行きますか。

リー：はい、そう　します。

もり 森 0	樹林，森林	～度 ～度	～度，～次
りす 1	松鼠	～メートル	～公尺
こう そくどう ろ 高速道路 5	高速公路	～リットル	～公升
マンション 1	大廈	て つだ 手伝い 3	幫忙
おくじょう 屋上 0	樓頂，天台	とお 遠く 3	遠處，遠方
こう じ 工事 1	工程，施工	な ごえ 鳴き声 3	(獸、鳥、蟲的)鳴叫聲
こくばん 黒板 0	黑板	かえ 帰り 3	回來，回去；歸途
じんるい 人類 1	人類	▼	
もう ふ 毛布 1	毛毯	あら 1	(女性語)唉呀
ちゃ 茶わん 0	飯碗；茶碗	ずいぶん 1	很，相當，非常
おやつ 2	點心		
キャッチボール 4	投接球		
ヘリコプター 3	直升機		
▼			
ねむ 眠ります 4【眠る 0】	睡覺，睡眠		
み 見えます 3【見える 2】	看得見		
き 聞こえます 4【聞こえる 0】	聽見，聽得到		
さん か 参加します 5【参加する 0】	參加		
せいちょう 成長します 6【成長する 0】	成長		
ちゅう い 注意します 1【注意する 1】	注意，當心		
ドライブします 2 【ドライブする 2】	兜風		
▼			
こんな 0	這樣的		
そんな 0	那樣的		
あんな 0	那樣的		

CD B-08,09

櫻田利男除了擅長設計汽車
外，也喜歡開車兜風。這天風
和日麗，他打算開車載家人到
富士山玩……

今日は 日曜日です。
桜田さんは 窓を 開けました。
朝から よく 晴れて いい 天気です。
桜田さんは 車が 好きなので、
月に 一度 ドライブする ように して います。

「みんな、今日は いい 天気だから、ドライブしましょう。
富士山へ 行きましょう。」

「はーい。」

「ママ、今から お弁当が 作れますか。」

「ええ、作れます。」

恵美ちゃんも 拓哉くんも お手伝いが できます。
おやつを かばんに 入れたり 荷物を 運んだり しました。
さあ、出発です。車は 高速道路に 入りました。

「あっ、富士山よ。きれいね。」

車の 窓から 富士山が 見えます。

富士山に 着きました。

「さあ、お弁当を 食べましょう。」

「いただきます。」

「あ、りす・・・」

恵美ちゃんは りすを 見つけました。
りすは 木の 上を 走って います。

97

「ママの　お弁当は　おいしかったよ。ごちそうさま。」

「あら、恵美が　いません。恵美は　どこですか。」

「え～み～。え～み～。」

みんなで　恵美ちゃんを　探しました。

そのとき　森の　中から　恵美ちゃんの　声が　聞こえました。

「あ、あそこ。あんな　遠くに　いる。」

みんなは　走って　恵美の　所へ　行きました。

「どうして　こんな　所まで　来たんですか。」

「あのりすさんと　一緒に　遊んで　いました。」

拓哉くんは　桜田さんと　サッカーを　したり

キャッチボールを　したり　しました。

「パパ、僕の　ほうが　速く　走れるよ。」

「拓哉、ずいぶん　速く
　　　走れる　ように　なったね。」

帰りの　車の　中で　子供たちは　眠って　しまいました。

エマは　風邪を　引かない　ように　毛布を　かけました。

桜田さんは　拓哉も　恵美も　成長したと　思いました。

Q&A

①桜田さんたちは　月に　一度　何を　する　ように　して　いますか。

_____

②車の　窓から　何が　見えましたか。 _____

③恵美ちゃんは　何を　見つけましたか。 _____

④富士山に　着く　前に、お弁当を　食べましたか。 _____

 文型

33-1 わたしは　日本料理が　作れます。
（＝わたしは　日本料理を　作る　ことが　できます。）

わたしは　$\begin{Bmatrix}\text{ピアノ}\\\text{日本語}\\\text{日本語の　歌}\end{Bmatrix}$　が　$\begin{Bmatrix}\text{弾けます。}\\\text{話せます。}\\\text{歌えます。}\end{Bmatrix}$

▶ 妹は　ひらがなと　カタカナが　書けます。

▶ この赤ちゃんは　まだ　歩けません。

▶ 拓哉くんは　自転車に　乗れます。

▶ 新しい　会社の　住所が　覚えられません。

▶ お刺身が　食べられますか。

• •

▶ この　道は　工事で　通れません。

▶ A：何冊　本が　借りられますか。
　 B：5冊まで　借りられます。

料理を作ります。
↓
料理が作れます。

可能形の作り方
<small>かのうけい つくかた</small>

Ⅰ類動詞

洗います→　　　洗える
<small>あら</small>　　　　　　<small>あら</small>

行きます→　　　行ける
<small>い</small>　　　　　　　<small>い</small>

話します→　　　話せる
<small>はな</small>　　　　　　<small>はな</small>

持ちます→　　　持てる
<small>も</small>　　　　　　　<small>も</small>

飲みます→　　　飲める
<small>の</small>　　　　　　　<small>の</small>

走ります→　　　走れる
<small>はし</small>　　　　　　<small>はし</small>

遊びます→　　　遊べる
<small>あそ</small>　　　　　　<small>あそ</small>

（い段音→え段音＋る）

Ⅱ類動詞

食べます→　　　食べられる
<small>た</small>　　　　　　　<small>た</small>

見ます→　　　　見られる
<small>み</small>　　　　　　　<small>み</small>

Ⅲ類動詞

＊来ます→　　　＊来られる
<small>き</small>　　　　　　　<small>こ</small>

＊します→　　　＊できる

勉強します→　　勉強できる
<small>べんきょう</small>　　　　<small>べんきょう</small>

Ⅰ類和Ⅲ類動詞的
變化很特別

33-2 このマンションから 海_{うみ}が 見_みえます。

屋上_{おくじょう}から　富士山_{ふじさん}
ホテルから　湖_{みずうみ}
窓_{まど}から　東京_{とうきょう}タワー
　　　　　　　　　　　　　が　見_みえます。

ヘリコプターの　音_{おと}
犬_{いぬ}の　鳴_なき声_{ごえ}
隣_{となり}の　部屋_{へや}から　音楽_{おんがく}
　　　　　　　　　　　　　が　聞_きこえます。

▶ 黒板_{こくばん}の　字_じが　よく　見_みえません。
▶ 先生_{せんせい}の　声_{こえ}が　はっきり　聞_きこえません。

e 研講座

「見られる」と「見える」

　　「見られる」是「見る」的可能形，意思是「可以看見」；「見える」這個動詞的意思也是「可以看見」。兩者到底有什麼差別？請留意看這兩個例句：「この映画館で、昔の映画が見られます」「黒板の小さい字が見えます」。「見られる」的重點在於某情況下"可以做看的動作"；「見える」則是表示"自然而然看得到"某東西。同樣道理，「聞く」的可能形「聞ける」表示可以做聽的動作（ここでラジオが聞けます）；「聞こえる」則是自然聽得到某聲音（隣の教室から先生の声が聞こえます）。

33-3 日本語の 本が 読める <u>ように</u> なりました。

$$
\left.\begin{array}{l}
泳げる \\
日本語が\ 話せる \\
英語が\ \ \ \ わかる
\end{array}\right\} ように\ なりました。
$$

▶ 空手が できる ように なりました。

▶ 人類は 月に 行ける ように なりました。

▶ A：刺身が 食べられる ように なりましたか。

　 B：いいえ、まだ 食べられません。

▶ やっと パソコンが 使える ように なりました。

▶ 20歳に なりました。お酒が 飲める ように なりました。

▶ 結婚してから、お酒を 飲む ように なりました。

33-4 日本語が 話せる <u>ように</u> 毎日 勉強します。

$$
\left.\begin{array}{l}
速く\ 走れる \\
バイオリンが\ 弾ける \\
サッカーが\ 上手に\ なる
\end{array}\right\} ように\ 練習します。
$$

▶ 10時に 着く ように 駅まで 走りました。

▶ 時間に 遅れない ように 早く 家を 出ました。

▶ 財布を なくさない ように 注意しましょう。

33-5 毎朝 走る ように して います。

毎晩 早く 寝る
野菜を たくさん 食べる ┐
あまり お酒を 飲まない ┘ ように して います。

▶ 駅まで 歩く ように して います。

▶ テニスの 練習は 休まない ように して います。

▶ 毎日 水を 2リットル 飲む ように して います。

▶ A：来年 水泳大会に 参加しますか。

　 B：ええ、今 毎日 1000メートル 泳ぐ ように して います。

★単位★

キロ(メートル)	km	1km=1000m
メートル	m	1m=100cm
センチ(メートル)	cm	1cm=10mm
ミリ(メートル)	mm	

| キロ(グラム) | kg | 1kg=1000g |
| グラム | g | |

| リットル | ℓ | 1ℓ =1000mℓ |
| ミリリットル | mℓ | |

I 例） わたし は　愛です。

①朝　7時まで □　会社へ　行けます。

②駅 □　前に　車 □　止められますか。

③魚 □　食べられますが、肉 □　食べられません。

④わたしは　ひらがな □　書ける　ように　なりました。

⑤あした　田中さんに　会える □　思いますか。

II 例） 漢字を　書きます。 →　漢字が　書けます。

①ここで　写真を　撮ります。 →

②このお寺を　見学します。 →

③駅で　車を　借ります。 →

④この公園で　野球を　します。 →

⑤今　この部屋に　入ります。 →

III 例） 日本語が　話せます。

　　→　日本語が　話せる　ように　なりました。

①日本の　新聞が　読めます。

　　→

②お酒が　飲めます。

　　→

③スキーが　できます。

　　→

④たばこが　吸えます。

　　→

⑤日本の　着物が　一人で　着られます。

　　→

Ⅳ 例）1歳

1歳で　立てる　ように　なりました。

①5歳　　　②7歳　　　③8歳　　　④18歳

① _____

② _____

③ _____

④ _____

 話しましょう

CD B-10,11,12

Ⅰ

A：①コンビニで　②映画の　チケットが　③買えますか。

B：ええ、③買えますよ。

A：そうですか。じゃあ、今　③買いに　行きます。

（1）①図書館　　　②ＣＤ　　　　　③借ります
（2）①屋上　　　　②携帯電話　　　③かけます
（3）①デパート　　②時計　　　　　③直します

Ⅱ

A：鈴木さん、①図書館へ　行きませんか。

　　　やっと　②日本語の　本が　読める　ように　なったんです。

B：いつが　いいですか。

A：じゃあ、③水曜日に　行きましょう。

（1）①海　　　　　②泳ぎます　　　　　　　　③夏休み
（2）①カラオケ　　②日本の　歌を　歌います　③すぐ
（3）①川　　　　　②上手に　魚を　釣ります　③今度の　休み

応用会話

A：日本料理が　作れますか。

B：いいえ、まだ　何も　できません。食べる　ことは　好きなんですが・・・。

A：じゃあ、今度の　日曜日　うちで　一緒に　てんぷらを　作りませんか。

B：本当ですか。早く　作れる　ように　なりたいです。

A：日曜日に　うちへ　来て　ください。

B：よろしく　お願いします。

単語		CD B-13

居酒屋 0	(日式)小酒館	～中 0	～期間內	
畳 0	榻榻米	今年中 0	這整年	
席 1	座位	平和(な) 0	和平(的)	
スーパーマーケット 5	超市，超級市場	乾杯 0	乾杯	
納豆 3	納豆	やはり 2	果然	
焼き鳥 0	烤雞肉串	やっぱり 3	果然(口語)＝やはり	
～丼 0	～蓋飯			
瓶 1	瓶，瓶子			
のど 1	喉嚨；嗓子			
紅葉 0	紅葉			
スーツケース 4	行李箱，手提箱			

▼

材料 3	材料
数学 0	數學
地理 1	地理
国際 0	國際
待ち合わせ 0	會合，見面
別れ 3	分別，分離
演奏会 3	演奏會

▼

乾きます 4【乾く 2】	乾，乾燥
別れます 4【別れる 3】	分別，分離
注文します 6【注文する 0】	訂購，點餐
確認します 6【確認する 0】	確認
～すぎます【～すぎる】	太過～，～太多

小愛上的大學的車站附近新
開了一家居酒屋，這是最能讓人
隨意吃喝、自在聊天的好地方。
她正邀約還沒去過居酒屋的思比
佳及其家人一起去……

「ねえ、駅の　近くに
　新しい　居酒屋が　できたから、
　行きませんか。」

「わー、居酒屋　行って　みたい。」

「シリウスさんたちも　誘って　ください。」

「パパは　忙しいから、
　行けるか　どうか、わかりません。
　でも、ママと　フレアと　コロナは
　たぶん　一緒に　行けると　思います。」

「じゃあ、待ち合わせは　6時に
　駅前の　スーパーマーケットの　前ね。」

▶ 小愛與思比佳、貝嘉、芙蕾兒、可羅娜等一行五人來到居酒屋店內。

「いらっしゃいませ。」

「予約を　した　鈴木ですが・・・。」

「鈴木様ですね。ようこそ　『中民屋』へ。
　どうぞ　こちらへ。」

みんなは　畳の　部屋に　入って　座りました。

「飲み物は　何を　注文しますか。」

「わたしは　ビールが　飲みたいです。
　今日は　仕事が　忙しくて　何も　飲まなかったから、
　のどが　乾きました。」

「コロナは　子供だから、ジュースね。」

・・・・・・・・・・・・・・・・・・・・・・・・・・
「ようこそ：歡迎光臨

お待たせしました：讓您久等了

Q&A

①ベガは 何を 飲みたがって いますか。＿＿＿＿＿＿＿＿＿＿＿＿＿

②ベガの 研究は いつ 終わるか わかりますか。＿＿＿＿＿＿＿＿＿

③店長さんは 何を 作って みましたか。＿＿＿＿＿＿＿＿＿＿＿＿＿

④ベガは いつ 帰ると 言いましたか。

＿＿＿＿＿＿＿＿＿＿＿＿＿＿＿＿＿＿＿＿＿＿＿＿＿＿＿＿＿＿＿＿＿

文型

34-1 日本の お酒を 飲んで みます。

納豆を　　　　　食べて
日本料理を　　　作って　｝みます。
新しい 靴を　はいて

▶ 初めて 日本語で 手紙を 書いて みました。

▶ お茶を 習って みませんか。

▶ 新しい レストランへ 行って みましょう。

▶ あの演奏会へ 行って みたいですか。

▶ その洋服を 着て みても いいですか。

34-2 このかばんは 高すぎます。

いつも おすしを 食べ
この部屋は　　　　　　狭　｝すぎます。
数学の 問題は　　複雑

食べ~~ます~~
狭~~い~~　　　｝＋すぎます
複雑~~な~~

＊いい→よすぎます

▶ このケーキは 甘すぎました。

▶ 歩きすぎて 足が 痛く なりました。

▶ 料理を たくさん 作りすぎて しまいました。

▶ お酒を 飲みすぎたので、気持ちが 悪いです。

▶ わたしの スーツケースは 重すぎて 一人で 持てません。

34-3 鈴木さんが パーティーに 来るか どうか、知りません。

あした 雨が 降る
この映画が おもしろい
｝ か どうか、 ｛
わかりません。
知りません。

| 普通体＋か どうか |

試験が 簡単
いい 席
｝ か どうか、 ｛
聞いて みます。
確認します。

| (×)簡単/席 だかどうか → 簡単/席 かどうか | 例外 |

▶ 中村さんが 外国へ 行ったか どうか、わかりません。

▶ 日本料理が 好きか どうか、チンさんに 聞いて みます。

▶ あの人が 地理の 先生か どうか、知りません。

▶ 社長が 国際会議に 出席するか どうか、教えて ください。

▶ 忘れ物が ないか どうか、調べて ください。

34-4 何が　好きか、聞きます。

どこが　いい
いつ　来た　　｝か、　｛聞きます。
だれと　行く　　　　　　わかりません。
　　　　　　　　　　　　知りません。

▶ 東京から　大阪まで　新幹線で　いくら　かかるか、わかりますか。

▶ 金曜日の　パーティーに　だれが　参加するか、知りません。

▶ 先生の　奥さんが　どんな　人か、知って　いますか。

▶ どのレストランが　安いか、教えて　ください。

▶ 新しい　車が　欲しいです。どれを　買うか、決めて　いません。

I 例）わたし は 愛です。

①帽子 □　かぶって　みます。

②毎朝　駅まで　歩くよう □　して　います。

③その 話 が　ほんとうか　どう □、わかりません。

④あのバスは　どこ □　行く □、知って　いますか。

⑤新幹線 □　東京から　京都まで　何時間　かかる □、わかりますか。

II 例）コートを　着ます。 →　コートを　着て　みます。

①友達に　相談します。

　→

②このCDを　聞きます。

　→

③もう　一度　考えます。

　→

④何が　好きか、先生に　聞きます。

　→

III 例）この部屋は　寒いです。 →　この部屋は　寒すぎます。

①このスカートは　大きいです。

　→

②この問題は　簡単です。

　→

③お金を　使いました。

　→

④デパートで　買い物を　しました。

　→

IV 例）何時に　行きますか。　電話します。

　　　→　何時に　行くか、電話します。

①会議で　何を　話しますか。　考えます。

　　→

②チンさんの　会社は　どこに　ありますか。　調べます。

　　→

③リーさんは　何を　して　いますか。　教えて　ください。

　　→

④先生は　何と　言いましたか。　聞いて　みます。

　　→

V 例）あした　雨です。　ニュースを　見ます。

　　　→　あした　雨か　どうか、ニュースを　見て　みます。

①新宿へ　行きます。　友達に　尋ねます。

　　→

②予約が　できます。　パソコンで　調べます。

　　→

③家に　帰って　いいです。　先生に　聞きます。

　　→

④あした　休みです。　お店に　電話します。

　　→

話しましょう

CD B-16,17,18

Ⅰ

A：いらっしゃいませ。

B：すみません、

　　この①コートを　②着て　みても　いいですか。

A：はい、どうぞ。・・・どうですか。

B：ちょっと　③大きすぎますね。

（1）①スカート　　②はきます　　③小さい

（2）①ケーキ　　　②食べます　　③甘い

（3）①万年筆　　　②使います　　③太い

Ⅱ

A：マリアさん、佐藤さんが　①今度の　旅行に　②参加するか　どうか、

　　知って　いますか。

B：ちょっと　わかりません。②参加するか　どうか、聞いて　みます。

A：すみません。お願いします。

（1）①来週の　会議　　②出席します

（2）①展覧会　　　　　②行きます

（3）①演奏会　　　　　②出ます

応用会話

A：今度の　日曜日に　箱根へ　紅葉を　見に　行きませんか。

B：行きたいんですが、行けるか　どうか、わかりません。

　　母の　誕生日なので、家族で　食事を　するんです。

A：何時までに　帰らなければ　ならないんですか。

B：まだ　聞いて　いないので、姉に　聞いて　みます。

単語			CD B-19

ブルートレイン 5	藍色列車	無理(な) 1	辦不到(的)
寝台車 3	臥鋪車	豪華(な) 1	豪華(的)
食堂車 3	餐車	残念(な) 3	遺憾(的)，可惜(的)
海底トンネル 5	海底隧道	楽しみ 3.4.0	樂趣；期待
スピード 0	速度	▼	
個室 0	包廂；單人房	売ります 3【売る 0】	賣，出售
満席 0	客滿	死にます 3【死ぬ 0】	死，死亡
途中 0	半路，中途	進みます 4【進む 0】	前進
目的地 4.3	目的地	組み立てます 5	組合
矢印 2	箭頭符號	【組み立てる 4】	
長さ 1	長度	記入します 5	填寫，寫入
～キロ	～公里；～公斤	【記入する 0】	
▼		▼	
明かり 0	亮光；燈火	あれ 0	(驚訝)咦，哎呀
夜景 0	夜景	約 1	約，大約
チャーハン 1	炒飯	はず 0	應該，理應
人気 0	人氣，人緣	確か 1	(若沒記錯)確實
場所 0	場所，地點	きっと 0	一定
運動会 3	運動會	あれから 0	在那之後
チーム 1	隊伍	決して 0	[後接否定]絕對(不)
お祭り 0	廟會，慶典		
雪祭り 3	雪祭		
▼			
申し込み用紙 6	申請書，申請單		
見本 0	樣本，樣張		
本物 0	真東西，真貨		
ダイヤモンド 4	鑽石		
留守 1	外出，不在家		

「ブルートレインに
乗りたい！」

CD B-20,21

「ブルートレイン(藍色列車)」是日本長途臥鋪特快列車的暱稱，對什麼事情都好奇的思比佳很想同小愛一起搭乘這種具有藍色外貌的列車看看……

愛と　スピカは
大学の　授業が　終わって、
電車で　家に　帰る　途中です。

「２１世紀の　電車は　スピードが　遅いでしょう？」

「ええ、でも、わたしは　ゆっくり　走る　電車が　好きです。」

「あれ、向こう側を　走って　いる
電車は　何ですか。」

「ブルートレインです。」

「ブルートレイン？」

「寝台車の　ことです。」

「寝台車？　何ですか、それは。」

「電車の　中に　ベッドが　あって、
そこで　寝ながら　目的地まで
行く　ことが　できるんです。
豪華な　個室も　あるんですよ。」

「へえー、すごいですね。」

「あの電車は　北海道まで　行きます。」

「北海道へ　電車で　行く　ことが　できるんですか。
海が　あるから、行ける　はずが　ないでしょう？」

「海底トンネルを　通ります。長さは　約５０キロです。」

「すごい！　乗りたい！！！」

「夜　東京を　出発して　朝　札幌に　着くから、
16時間くらい　かかると　思います。」

「食堂車では　フランス料理を　食べる　ことも　できるんです。
確か　来週　札幌で　雪祭りが　ある　はずです。」

「わー　行きたい！！！
愛、行きましょう。」

「ちょっと　待って　ください。
まだ　寝台車も　予約できるか　どうか、わからないんですよ。
とても　人気が　あるから・・・。
たぶん　無理でしょう。」

「駅員さんに　聞いて　みます。
席が　取れるかもしれません。」

「すみません、
ブルートレインの　切符が
買いたいんですが・・・。」

「そこに　申し込み用紙が
あります。
見本の　とおりに
記入して　ください。」

❥　思比佳垂頭喪氣返回小愛等她的地方。

「スピカ、どうでしたか。」

「やはり　もう　満席でした。
雪祭りに　行きたかったのに・・・。」

「残念ですね。」

「しょうがない。ママの　車で　行きましょう。」

・・・・・・・・・・・・・・・・・・・・・・・・・・・
しょうがない：沒辦法(的)

Q&A

①北海道へ 電車で 行く ことが できますか。

___

②東京から 札幌まで 電車で 何時間くらい かかりますか。

___

③海底トンネルの 長さは 何キロですか。

___

④「寝台車」と 「ブルートレイン」は 同じ ものですか。

___

⑤愛たちは ブルートレインに 乗れましたか。

___

35-1 言う <u>とおりに</u>、して ください。

わたしが 読む
見た } とおりに、 {
地図の

書いて ください。
話して ください。
来て ください。

▶ 教えて もらった とおりに、チャーハンを 作って みます。
▶ 書いて ある とおりに、本棚を 組み立てました。
▶ テープの とおりに、発音しましょう。
▶ 矢印の とおりに、進みました。
▶ 説明書の とおりに、操作しました。

35-2a 彼は　来る　はずです。

授業中なので、先生は　音楽室に　いる
12月だから、北海道は　寒い
}はずです。

> 普通体＋はず

今日から　夏休みだから、チンさんは　暇な
部長は　東京に　行って　いるので、会議は　欠席の
}はずです。

> （×）暇だはず→暇なはず
> （×）欠席だはず→欠席のはず　例外

▶ 先週　退院したので、もう　元気な　はずです。
▶ 先生は　きのう　アメリカへ　行ったから、今日は　来ない　はずです。
▶ あのとき　彼は　いなかったので、この　話は　知らない　はずです。
▶ あれから　4年たったので、彼女は　去年　高校を　卒業した　はずです。

35-2b 彼は　来る　はずが　ありません。

11月だから、北海道は　暑い
駅前だから、このマンションは　静かな
明かりが　ついて　いるので、留守の
}はずが　ありません。

▶ 仕事が　たくさん　あるので、5時に　帰れる　はずが　ありません。
▶ このチームは　とても　強いから、負ける　はずが　ありません。
▶ 一朗さんは　歌が　上手だ。カラオケが　嫌いな　はずが　ありません。
▶ この指輪は　9800円です。本物の　ダイヤモンドの　はずが　ありません。
▶ 交通事故が　あった。でも、彼は　強いから、決して　死ぬ　はずが　ありません。

35-3 あしたは いい 天気_{てんき}でしょう。

あしたは 雨_{あめ}が 降_ふる

この川_{かわ}は 深_{ふか}い でしょう。

来週_{らいしゅう}の テストは 簡単_{かんたん}

▶ 彼_{かれ}は 午後_{ごご} 来_こないでしょう。

▶ 花子_{はなこ}さんは 試験_{しけん}に 合格_{ごうかく}するでしょう。

▶ このレストランの 料理_{りょうり}は おいしいでしょう。

▶ あの先生_{せんせい}は 親切_{しんせつ}でしょう。

▶ これは たぶん チンさんの 傘_{かさ}でしょう。

▶ この場所_{ばしょ}に デパートが できます。きっと 便利_{べんり}に なるでしょう。

35-4 あそこに 富士山_{ふじさん}が 見_みえるでしょう?

▶ ハワイは 暑_{あつ}かったでしょう?

▶ 夜景_{やけい}が きれいだったでしょう?

▶ A:あの機械_{きかい}は 故障_{こしょう}して いたでしょう?

　 B:いいえ、故障_{こしょう}して いませんでした。

▶ A:日本_{にほん}は 物価_{ぶっか}が 高_{たか}いでしょう?

　 B:ええ、高_{たか}いです。

▶ A:あした 運動会_{うんどうかい}ですね。

　 B:ええ、楽_{たの}しみでしょう?

35-5 彼は 来月 アメリカへ 行くかもしれません。

あの店は 安い
英語の テストは 簡単 } かもしれません。
来週の 会議は 午後

▶ 雨が 降るかもしれません。

▶ 友達は 来ないかもしれません。

▶ 早く 帰った ほうが いいかもしれません。

▶ 500円で 買えるかもしれません。

▶ それは チンさんの 傘かもしれません。

▶ この辞書の ほうが 便利かもしれません。

★ 確率(機率) ★

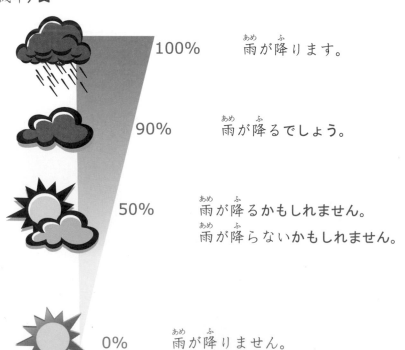

100%	雨が降ります。
90%	雨が降るでしょう。
50%	雨が降るかもしれません。 雨が降らないかもしれません。
0%	雨が降りません。

I 例） わたし は 愛です。

①鈴木さんは 試験 □ 合格するでしょう。

②わたしは 札幌に 行きたい □ 思って います。

③予約できる □ どう □ わからないんですよ。

④この歌手は とても 人気 □ ある はずです。

⑤地図 □ とおりに、来て ください。

II 例） 地図で 調べました ・ 駅まで 行きました
　　　　→ 地図で 調べた とおりに、駅まで 行きました。

①友達に 習いました ・ 野球の 練習を しました

　　　→

②先生が 言いました ・ テストの 勉強を しました

　　　→

③テレビで 見ました ・ 料理を 作りました

　　　→

④雑誌に 書いて あります ・ 京都を 歩きました

　　　→

⑤駅員さんに 教えて もらいました ・ 乗り換えました

　　　→

Ⅲ例）　A：山本さんは　パーティーに　出席しますか。

　　　　B：（欠席の　返事を　もらいました）

　　　　　→　欠席の　返事を　もらったから、出席しない　はずです。

①A：ワンさんは　来週の　旅行に　参加しますか。

　B：（まだ　入院して　います）

　　　→

②A：木村課長は　今日　会社に　来ますか。

　B：（きのう　アメリカから　帰りました）

　　　→

③A：中村さんは　結婚して　いますか。

　B：（指輪を　して　います）

　　　→

④A：さくらデパートは　近いですか。

　B：（駅の　前に　あります）

　　　→

⑤A：愛ちゃんは　ダンスが　上手ですか。

　B：（毎日　練習して　います）

　　　→

Ⅳ例）　薬を　飲んだ　ほうが　いいですか。（風邪です）

　　　→　ええ、風邪かもしれませんから。

①朝まで　勉強した　ほうが　いいですか。（テストが　難しいです）

　　　→

②レストランを　予約した　ほうが　いいですか。（満席です）

　　　→

③車で　行った　ほうが　いいですか。（荷物が　多いです）

　　　→

④急いだ　ほうが　いいですか。（電車に　間に合いません）

　　→

⑤地図を　送った　ほうが　いいですか。（場所が　わかりません）

　　→

Ⅴ例）今日は　いい　天気なので、（　富士山が　見えるでしょう　）。

①とても　寒いので、（　　　　　　　　　　　　　　）。

②健君は　風邪を　引いて　いるので、（　　　　　　　　　　　）。

③一生懸命　勉強したので、（　　　　　　　　　　　　）。

④このカメラは　古い　形なので、（　　　　　　　　　　　　）。

⑤道が　込んで　いるから、（　　　　　　　　　　　）。

~~富士山が　見えます。~~　　　　3時までに　着きません。

合格します。　　　　　運動会に　参加しません。

雪が　降ります。　　　安く　なります。

話しましょう

CD B-22,23,24

I

A：先週　①お祭りに　行きました。

B：②にぎやかだったでしょう？

A：いいえ、あまり　②にぎやかでは　ありませんでした。

（1）①田中さんに　会います　　②元気です

（2）①コンビニで　働きます　　②忙しいです

（3）①富士山に　登ります　　②疲れます

II

A：①パーティーに　何人くらい　来ますか。

B：②15人くらい　来る　はずです。

　　でも、③先生は　来ないかもしれません。

A：わかりました。

（1）①水泳教室は　毎日　ありますか

　　　②毎日　あります

　　　③夜は　ありません

（2）①このかばんは　どこで　売って　いますか

　　　②デパートで　売って　います

　　　③渋谷デパートでは　売って　いません

（3）①図書館で　何が　借りられますか

　　　②本や　CDなどが　借りられます

　　　③DVDは　借りられません

応用会話

A：約束の　時間まで　30分しか　ありません。

B：急いだ　ほうが　いいですね。

A：タクシーで　行きましょうか。

B：道が　込んで　いるかもしれません。
　　地下鉄で　行きましょう。

36

あたた 暖まります6【暖まる4】	變暖，暖和	しゅうまつ 週末0	週末
か 変わります4【変わる0】	改變，變化	せいかつ 生活スタイル6	生活方式
よろこ 喜びます5【喜ぶ3】	高興，喜悅	だい 大〜	大〜
ふと 太ります4【太る2】	胖	へんしん 変身0	變身
やせます3【やせる0】	瘦	き 決まり0	決定，確定
つ 連れます3【連れる0】	帶領，帶著	み ま お見舞い0	探病，慰問
ふ 増えます3【増える2】	增加，增多	かず 数1	數目，數量
へ 減ります3【減る0】	減少	▼	
ぞう か 増加します5【増加する0】	增加	だんだん0	漸漸
げんしょう 減少します6【減少する0】	減少	どんどん1	接連不斷地；順利地
へん か 変化します1【変化する1】	變化	まったく0	完全
▼		し だい 次第に0	逐漸
おっと 夫0	丈夫	じょじょ 徐々に1	徐緩；漸漸
つま 妻1	妻子	▼	
し みん 市民1	市民	あいだ この 間5,0	前幾天，上次
こう どう 講堂0	講堂，禮堂	〜ずつ	每〜，各〜
おおどお 大通り3	大馬路	きゅう 急（な）0	突然(的)；緊急(的)
はたけ 畑0	旱田	ところで3	(轉變話題)對了
け しき 景色1	景色，風景		
とっきゅうれっしゃ 特急列車5	特快車		
バイク1	摩托車		
リュック1	背包		
こいぬ 子犬0	小狗		
はだ 肌1	皮膚		
き おん 気温0	氣溫		
ぶんぽう 文法0	文法		
あんないしょ 案内書0	導覽，指南		
こ ども よう 子供用0	孩童用		

CD B-26,27

奇比去溫泉？溫泉旅館的人怎麼可能會讓狗狗模樣的機器人進去泡溫泉？！奇比怎麼泡呀？

「愛、今度の　週末

　　どこかへ　行きませんか。」

「そうですね。

　　どこが　いいですか。」

「遊園地は　どうですか。」

「遊園地？

　　この 間　香取君と　行って　来ました。

　　温泉は　どうですか。

　　チッピーが　行きたがって　いました。

　　チッピーも　連れて　行きましょう。」

「いいですね。チッピーが　喜びます。

　　だんだん 寒く　なって　きましたから、

　　わたしも　温泉に　入って　暖まりたいです。」

「それに、温泉は　肌に　いいです。

　　では、温泉に　決まりですね。」

今日は　温泉へ　行く　日です。
特急列車に　乗って　行きます。
外の　景色は　どんどん　変わります。
高い　ビルは　まったく　見えなく
なりました。
森や　畑が　増えて　きました。

◆ 小愛她們抵達溫泉旅館。

Q&A

①愛は この間 香取君と どこへ 行きましたか。

_____

②チッピーは 温泉へ 行きたがって いましたか。

_____

③みんなは 何に 乗って 行きましたか。

_____

④チッピーは 温泉に 何を 持って 来ましたか。

_____

⑤愛は いつ 温泉に 入りますか。

_____

⑥愛は 温泉に 何を 持って 行きましたか。

_____

⑦チッピーは だれに 変身しましたか。

_____

文型

36-1 スーパーで　買い物して　来ました。
スーパーで　買い物して　行きました。

手紙を　出して
荷物を　置いて　｝　来ます。
食事を　して　　行きます。

▶ ちょっと　コピーして　来ます。

▶ 教室に　文法の　テキストを　忘れましたから、取って　来ます。

▶ 部屋の　電気を　消して　来ました。

▶ 駅前の　喫茶店で　コーヒーを　飲んで　来ました。

▶ 熱が　あるので、薬を　飲んで　行きます。

▶ お見舞いに　果物を　買って　行きました。

▶ 案内書を　見て　行きました。

▶ 予習して　来ましたか。

▶ ワンさんは　いつも　お弁当を　買って　来ます。

▶ 佐藤さんは　お土産を　買って　来て　くれました。

買って来ます？
買って行きます？

e研講座

▶ パンを 買って 来ます。（去買麵包＜買後就回來＞）
（パンを買う。その後で、戻る。＝パンを買いに行って来ます。）

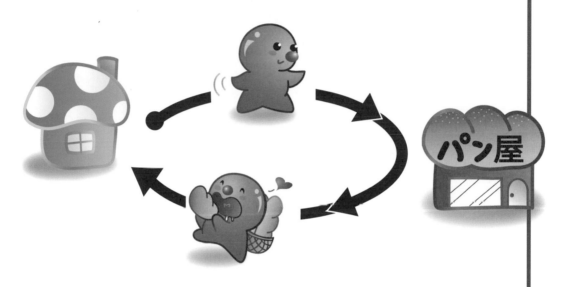

▶ パンを 買って 行きます。（買麵包後再去）
（パンを買う。その後で、目的地へ行く。）

36-2 駅まで 歩いて 行きます。
子供が 走って 来ます。

▶ 家から 学校まで 走って 行きました。

▶ あの山の 向こうまで 飛んで 行きたいです。

▶ 恵美ちゃんは 一人で バスに 乗って 来ました。

▶ 大通りを 通って 行きました。

▶ この川を 渡って 来ました。

• •

▶ 寒いので、コートを 着て 来ました。

▶ 愛ちゃんは デートに かわいい スカートを はいて 行きます。

▶ 病院に 子供を 連れて 行きます。

▶ あした 書類を 持って 来て ください。

▶ 毎朝 電車の 中で 寝て 来ます。

36-3 数が　増えて　きました。
数が　減って　いきます。

増加して／減少して
上がって／下がって　　⎫
多く　なって／少なく　なって　⎬　きます。
　　　　　　　　　　　　　⎭　いきます。

▶ 急に　気温が　上がって　きました。

▶ 次第に　暗く　なって　きました。

▶ 最近　ペットを　飼う　人が　増えて　きました。

▶ 徐々に　生活スタイルが　変化して　きました。

▶ 父は　だんだん　太って　きました。　…… （ ⇔ やせて ）

▶ 少しずつ　人口が　減って　いきます。

▶ これからも　勉強を　続けて　いきます。

▶ どんどん　日本語が　上手に　なって　いきます。

★ 変化 ★

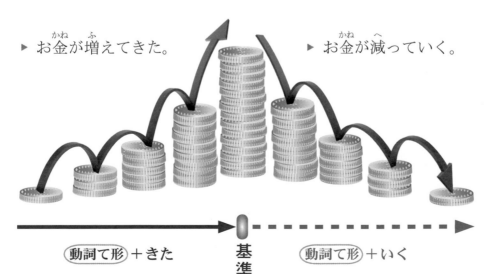

▶ お金が増えてきた。　　　　▶ お金が減っていく。

動詞て形 ＋ きた　　　　基準　　　　動詞て形 ＋ いく

36-4 弟は　カメラを　欲しがって　います。

父
兄　　は　｛車　パソコン　電子辞書｝を　欲しがって　います。
友達

わたしは車が　欲しい。
　　↓
父は車を　欲しがっている。

▶ 友達は　かわいい　子犬を　欲しがって　います。

▶ 妻は　新しい　冷蔵庫を　欲しがって　います。

▶ 弟は　アメリカの　バイクは　欲しがって　いません。

▶ 市民は　新しい　講堂を　欲しがって　います。

36-5 子供たちは　ディズニーランドへ　行きたがって　います。

友達
兄　　は　｛コーヒーを　飲み　テレビを　見　国へ　帰り｝たがって　います。
先生

兄はテレビを　見る。
　　↓
兄はテレビを　見たがっている。

▶ 姉は　外国へ　行きたがって　います。

▶ 妹は　ピアノは　習いたがって　いません。

▶ 友達は　将来　日本で　勉強したがって　います。

▶ マリアさんは　日本の　旅館に　泊まりたがって　います。

I 例）わたし は 愛です。

①健は　本□　欲しがって　います。

②バス□　学校へ　行きます。

③チンさんは　その本□　読みたがって　いました。

④誕生日□　腕時計□　あげました。

⑤お茶は　飲みたいですが、ケーキ□　食べたくありません。

II 例）健・本棚→　健は　本棚を　欲しがって　います。

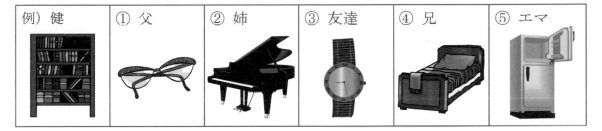

| 例）健 | ① 父 | ② 姉 | ③ 友達 | ④ 兄 | ⑤ エマ |

①

②

③

④

⑤

III 例）恵美・テレビ・見ます→　恵美は　テレビを　見たがって　います。

①弟・新しい　バイク・買います→

②友達・富士山・行きます→

③子供・馬・乗ります→

④妹・家・帰ります→

⑤拓哉・漫画・読みます→

Ⅳ例）コンビニ・コピー・します

　　　　→　コンビニで　コピーを　して　来ます。

①台所・お茶・いれます→

②レストラン・お昼ごはん・食べます→

③外・野球の　練習・見ます→

④交番・道・聞きます→

⑤スーパー・せっけん・買います→

Ⅴ例）花を　買います。→　花を　買って　行きます。

①わからない　言葉を　調べます。

　　　→

②熱が　ありますから、薬を　飲みます。

　　　→

③暑いですから、帽子を　かぶります。

　　　→

④駅まで　歩きます。

　　　→

⑤郵便局で　手紙を　出します。

　　　→

話しましょう

Ⅰ

A：①お土産に　何を　②持って　行きますか。

B：③お菓子を　②持って　行きます。

A：そうですか。

（1）①お弁当　　　　②作ります　　　③サンドイッチ

（2）①プレゼント　　②用意します　　③かわいい　ブラウス

（3）①お見舞い　　　②買います　　　③本

Ⅱ

A：今度の　休みに　何を　しますか。

B：子供たちは　①海へ　行きたがって　いました。

A：いいですね。じゃあ、②海に　行きましょう。

（1）①温泉に　入ります　　　②温泉

（2）①映画を　見ます　　　　②映画

（3）①釣りを　します　　　　②釣り

応用会話

A：佐藤さんの　誕生日に　何を　あげましょうか。

B：先月　一緒に　旅行に　行った　とき、
　　軽い　リュックを　欲しがって　いました。

A：そうですか。では、軽い　リュックを　あげましょう。

B：あした　一緒に　買いに　行きましょう。

～学部	～學院	つもり。	意圖，打算
医学部 3	醫學院	そろそろ 1	就要，差不多該～
獣医学部 4	獸醫學院	しばらく 2	暫時，一會兒
法律 0	法律	得意（な）2.0	得意(的)；擅長(的)
経済 1	經濟	新鮮（な）0	新鮮(的)
	▼		▼
建築家 0	建築師	～とか～とか	～或～等
獣医 1	獸醫		
銀行員 3	銀行員		
先輩 0	前輩；學長(姊)		
後輩 0	晚輩；學弟(妹)		
仲 1	關係，交情		
	▼		
牧場 0	牧場		
自動販売機 6	自動販賣機		
薬局 0	藥局，藥房		
アクセサリー 1.3	(服飾)配件,配飾		
すきます 3【すく 0】	(肚子)空，餓		
やみます 3【やむ 0】	停歇，中止		
引っ越します 5	搬家，遷居		
【引っ越す 3】			
進学します 6【進学する 0】	升學		
反対します 6【反対する 0】	反對		
賛成します 6【賛成する 0】	贊成		
招待します 1【招待する 1】	邀請，招待		
受験します 5【受験する 0】	應考，投考		

CD B-32,33

還是考生的小健每天朝著
夢想努力著。小健的夢想是什
麼呢？還有，他是過著什麼樣
的生活呢？來看看小健某一天
的日記吧！

12月20日木曜日

今日は　とても　寒かった。

朝から　今まで　雪が　降ったり　やんだり　して　いる。

今日は　図書館で　山田や　田中と　一緒に　勉強した。

僕たちは　数学と　英語の　勉強を　した。

僕は　数学が　得意だ。

僕は　愛が　買って　来て　くれた　参考書を　持って　行った。

その参考書は　とても　難しかったから、二人は　驚いた。

図書館で　友達と　勉強する　ことは　とても　楽しい。

友達と　いろいろな　話が　できるからだ。

自動販売機で　ジュースを　買って　休んで　いた　とき、

僕たち　三人は　将来の　話を　した。

山田は　「建築家に　なる　つもりだ。」と　言った。

山田の　家は　薬局だ。

でも、彼は　いつも　「薬局で　働く　つもりは　ない。」と　言う。

田中は　「銀行員に　なりたい。」と　言った。

143

僕は　獣医学部に　入学しようと　思って　いる。
僕は　将来　獣医に　なって　北海道に　住む　つもりだ。

小学生の　とき、牧場で　馬に　乗ったり
牛乳を　飲んだり　した。
新鮮な　牛乳は　とても　おいしかった。
そのとき　一人の　獣医に　会った。
彼は　動物たちと　とても　仲が　よかった。
僕も　動物が　大好きだ。
そして、獣医の　仕事は　とても　いい　仕事だと　思った。
だから、一生懸命　勉強しよう。

 **Q&A**

①健は　図書館に　何を　持って　行きましたか。

_____

②山田君は　将来　何に　なりたがって　いますか。

_____

③田中君は　どこで　働きたがって　いますか。

_____

④健は　牧場で　何に　乗りましたか。_____

⑤獣医に　なりたい人は　だれですか。_____

文型

37-1a 一緒に　帰ろう。
（＝一緒に　帰りましょう。）

▶ 一緒に　公園を　散歩しよう。

▶ 一度　ゆっくり　話し合おう。

▶ みんなで　花を　植えよう。

▶ 天気が　いいから、ボートに　乗ろう。

▶ A：あの　喫茶店で　お茶でも　飲もうか。
　　B：うん、飲もう。

37-1b たばこを　やめよう。

▶ 毎日　早く　起きよう。

▶ 疲れたから、もう　寝よう。

▶ ピアノを　習おう。

▶ 毎日　日本語を　勉強しよう。

▶ やっぱり　図書館へ　行こう。

意向形の作り方
（いこうけい　つくりかた）

Ⅰ類動詞

洗（あら）います→　　洗（あら）おう

行（い）きます→　　行（い）こう

話（はな）します→　　話（はな）そう

持（も）ちます→　　持（も）とう

飲（の）みます→　　飲（の）もう

走（はし）ります→　　走（はし）ろう

遊（あそ）びます→　　遊（あそ）ぼう

（い段音→お段音＋う）

Ⅱ類動詞

食（た）べます→　　食（た）べよう

見（み）ます→　　見（み）よう

Ⅲ類動詞

＊来（き）ます→　　＊来（こ）よう

します→　　しよう

勉強（べんきょう）します→　　勉強（べんきょう）しよう

Ⅰ類和Ⅲ類動詞的
變化特別

37-2 アメリカへ 留学 しようと 思って います。

海で　　　　泳ごう
医者に　　　　なろう　　　　　と　思って　います。
経済を　勉強しよう

▶ そろそろ　帰ろうと　思います。

▶ おなかが　すいたから、何か　食べようと　思います。

▶ わたしが　悪いので、友達に　謝ろうと　思いました。

▶ デパートで　靴とか　アクセサリーとかを　買おうと　思って　います。

▶ 中村さんを　パーティーに　招待しようと　思って　います。

▶ 鈴木さんは　法学部に　入って　法律の　勉強を　しようと　思って　います。

★学部★

医学部・法学部・理学部・工学部・商学部・農学部・文学部・政治学部・教育学部・芸術学部・外国語学部・経済学部・観光学部・社会学部・体育学部・（　　　　　　　　）

▶ 今年　医学部を　受験しようと　思って　います。

37-3a 日本に 住む つもりです。

来年 結婚する
あした コンサートへ 行く 〕 つもりです。
今年は 国に 帰らない

▶ パーティーで 着物を 着る つもりです。

▶ お見舞いに 花を 持って 行く つもりです。

▶ この本は まだ 返さない つもりです。

▶ わたしは この辞書を スミスさんに あげる つもりです。

▶ 田中さんは しばらく 引っ越さない つもりです。

37-3b 日本に 住む つもりは ありません。

結婚する
会社を やめる 〕 つもりは ありません。
国へ 帰る

▶ あの店で アルバイトを する つもりは ありません。

▶ パーティーに 行く つもりは ありません。

▶ 鈴木さんの 意見に 反対する つもりは ありません。

▶ 先輩に 相談する つもりは ありません。　　　⇔ 賛成する

▶ 妹 は 大学に 進学する つもりは ありません。

148

I 例）わたし は　愛です。

①あした　早く　学校へ　行こう□　思って　います。

②中村さんは　山田さん□　結婚する　つもりです。

③パーティーの　とき、着物を　着る　つもり□　ありません。

④きのう　友達□　一緒□　食べたり　歌ったり　しました。

⑤言う　とおり□　書いて　ください。

II 例）寝る　前に、宿題を　します。

　　　→　寝る　前に、宿題を　しよう。

①もう　遅いから、寝ます。

　　→

②あそこの　喫茶店で　少し　休みます。

　　→

③公園で　お弁当を　食べます。

　　→

④犬と　一緒に　散歩します。

　　→

⑤今日は　朝まで　勉強します。

　　→

III 例）結婚します。→　結婚しようと　思って　います。

①たばこを　やめます。

　　→

②友達に　プレゼントを　あげます。

　　→

③大学の　そばに　住みます。

　　→

④髪を 切ります。

　→

⑤犬を 2匹 飼います。

　→

Ⅳ例) どんな 車を 買いますか。（外国の 車）

　　→　外国の 車を 買う　つもりです。

①大学で 何を 勉強しますか。（日本語）

　→＿＿＿＿＿＿＿＿＿＿＿＿＿＿つもりです。

②いつ テニスの 練習を しますか。（今度の 日曜日）

　→＿＿＿＿＿＿＿＿＿＿＿＿＿＿つもりです。

③だれと パーティーへ 行きますか。（田中さん）

　→＿＿＿＿＿＿＿＿＿＿＿＿＿＿つもりです。

④どこに 住みますか。（海が 見える 所）

　→＿＿＿＿＿＿＿＿＿＿＿＿＿＿つもりです。

⑤いつから 日本で 働きますか。（来年の 4月）

　→＿＿＿＿＿＿＿＿＿＿＿＿＿＿つもりです。

Ⅴ例) 車を 買いますか。（いいえ）

　　→　いいえ、車を 買う つもりは ありません。

①香取君に 謝りますか。（いいえ）

　→

②チンさんと 来年 結婚しますか。（いいえ）

　→

③あしたも この店へ 買い物に 来ますか。（いいえ）

　→

④来年 留学しますか。（いいえ）

　→

話しましょう

CD B-34,35,36

I

A：あの①<ruby>映画<rt>えいが</rt></ruby>は　もう　②<ruby>見<rt>み</rt></ruby>ましたか。

B：いいえ、まだ　②<ruby>見<rt>み</rt></ruby>て　いません。

　　あした　②<ruby>見<rt>み</rt></ruby>ようと　<ruby>思<rt>おも</rt></ruby>います。

（1）①パソコン　　　　②<ruby>直<rt>なお</rt></ruby>します

（2）①<ruby>絵<rt>え</rt></ruby>　　　　　②かきます

（3）①<ruby>美術館<rt>びじゅつかん</rt></ruby>　　②<ruby>行<rt>い</rt></ruby>きます

II

A：<ruby>日曜日<rt>にちようび</rt></ruby>は　<ruby>何<rt>なに</rt></ruby>を　しますか。

B：①<ruby>買<rt>か</rt></ruby>い<ruby>物<rt>もの</rt></ruby>を　しようと　<ruby>思<rt>おも</rt></ruby>って　います。

A：だれと　②しますか。

B：<ruby>一人<rt>ひとり</rt></ruby>で　②する　つもりです。

（1）①<ruby>山<rt>やま</rt></ruby>に　<ruby>登<rt>のぼ</rt></ruby>ります　　　　　②<ruby>登<rt>のぼ</rt></ruby>ります

（2）①<ruby>図書館<rt>としょかん</rt></ruby>で　<ruby>勉強<rt>べんきょう</rt></ruby>します　　②<ruby>勉強<rt>べんきょう</rt></ruby>します

（3）①<ruby>野球<rt>やきゅう</rt></ruby>を　<ruby>見<rt>み</rt></ruby>に　<ruby>行<rt>い</rt></ruby>きます　　②<ruby>行<rt>い</rt></ruby>きます

<ruby>応用会話<rt>おうようかいわ</rt></ruby>

A：<ruby>頭<rt>あたま</rt></ruby>が　<ruby>痛<rt>いた</rt></ruby>いです。

　　<ruby>今日<rt>きょう</rt></ruby>は　<ruby>学校<rt>がっこう</rt></ruby>を　<ruby>休<rt>やす</rt></ruby>もうと　<ruby>思<rt>おも</rt></ruby>います。

B：そのほうが　いいですね。

　　あしたは　テストですから。

A：ええ、あしたは　<ruby>休<rt>やす</rt></ruby>まない　つもりです。

B：わかりました。<ruby>今日<rt>きょう</rt></ruby>は　ゆっくり　<ruby>休<rt>やす</rt></ruby>んで　ください。

索引

<ruby>索引<rt>さくいん</rt></ruby>

（註：外來語後以＜＞標示語源出處，
未標明國名者表示源自英語，
標明「和」者為和製英語。）

補充語彙（補充單字）
ほじゅうごい

L 31

p77　上げます3【上げる0】（提升）
あ　　　　　あ

集まります5【集まる3】（集合，聚集）
あつ　　　　　　あつ

折れます3【折れる2】（折，折斷）
お　　　　　　お

席1（座位，位子）
せき

変えます3【変える0】（變更，改變）
か　　　　　　か

変わります4【変わる0】（改變，變化）
か　　　　　　　か

立てます3【立てる2】（立起；訂定）
た　　　　　　た

続けます4【続ける0】（繼續；使相連）
つづ　　　　　　つづ

治します4【治す2】（治療）
なお　　　　　　なお

L 33

p103　単位1（單位）
たんい

キロ1／キロメートル3
　　　　　（公里＜法 kilomètre＞）

メートル0　（公尺＜法 mètre＞）

センチ1／センチメートル4
　　　　　（公分＜法 centimètre＞）

ミリ1／ミリメートル3
　　　　　（公釐＜法 millimètre＞）

キロ1／キログラム3
　　　　　（公斤＜法 kilogramme＞）

グラム1　（公克＜法 gramme＞）

リットル0　（公升＜法 litre＞）

ミリリットル3　（毫升＜法 millilitre＞）

L 37

p147　法学部4,3　（法學院）
ほうがくぶ

理学部3　（理學院）
りがくぶ

工学部4,3　（工學院）
こうがくぶ

商学部3,4　（商學院）
しょうがくぶ

農学部3,4　（農學院）
のうがくぶ

文学部4,3　（文學院）
ぶんがくぶ

政治学部4　（政治學院）
せいじがくぶ

教育学部5　（教育學院）
きょういくがくぶ

芸術学部5　（藝術學院）
げいじゅつがくぶ

経済学部5　（經濟學院）
けいざいがくぶ

観光学部5　（觀光學院）
かんこうがくぶ

社会学部4　（社會學院）
しゃかいがくぶ

体育学部5　（體育學院）
たいいくがくぶ

監修

　ｅ日本語教育研究所代表、淑徳大学准教授　白寄_{しらより}まゆみ

著者

　ｅ日本語教育研究所

　林_{はやし}隆子_{たかこ}・森本_{もりもと}礼子_{れいこ}・太田_{おおた}絢子_{あやこ}・矢次_{やつぎ}純_{じゅん}・藤井_{ふじい}節子_{せつこ}

　中里_{なかざと}徹哉_{てつや}・桜井_{さくらい}敏夫_{としお}・関根_{せき}巌_{ねいわお}・林瑞景

ＣＤ録音

　元ＮＨＫアナウンサー：瀬田_{せたみつひこ}光彦

　聲優：伊藤_{いとうかえ}香絵（愛）

　　　　宮本_{みやもとはるか}春香（スピカ）

　　　　明田_{めいだゆうき}祐季

・・・

ｅ日本語教育研究所

http://www.enihongo.org

日檢獨家

史上最強

文法一把抓 根據《日本語能力試驗 出題基準》
完整收錄四到一級的文法概念，
最能貼近考試脈動，提升文法實力。

◉ 日語能力檢定系列　**文法一把抓**

獨家特色

搭配教科書、自修學習兩相宜！

➔ 句型編排完全參照學校教學進程
➔ 書末收錄歷屆考題提供實戰測試

清晰的句型結構

詳細的中文解說

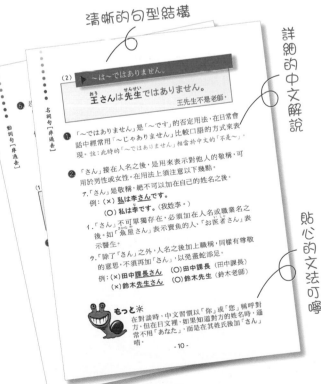

貼心的文法可嚀

4級・3級 檢單

特別推薦

隨身攜帶輕鬆背，熟記字彙真**檢單**